Ana Susuki

Überrumpelt zu werden und in einem TV-Werbespot für Pariser zu landen, hatte die temperamentvolle Geschäftsfrau Ana Susuki nun wirklich nicht geplant. Das ehemalige Top-Model kennt nur eine Lösung: Den arroganten Hotelbesitzer kurzerhand zu verklagen. Doch so leicht sich Ana das auch vorgestellt hat, dieser charmante Anwalt Clive Owen bringt sie immer wieder auf die Palme. Er ist einfach unausstehlich und viel zu attraktiv, da ist sie sich sicher. Wie dumm, dass sie sich auch noch auf ein Spiel mit ihm einlässt und haushoch verliert...

Im Tagebuchschreiben widmet Ana sich ihrem Dad und versucht sich selber besser kennen zu lernen. Schließlich holt das Wunder der Liebe sie ein.

Liebe heißt Beben vor Glück.

Khalil Gibran

Wenn ich dich in diesem Leben nicht
erobere,
verfolge ich dich in den zehn nächsten...

Elmar Kupke

*Wieso stehen Frauen eigentlich auf
Eroberung? Und warum um alles in der
Welt mache ich in diesem Fall nur keine
Ausnahme, Dad?*

24

Aus den Augenwinkeln bemerkte Ana
zur ihrer Rechten einen Mann in
Leinenhemd, der ihr vage bekannt
vorkam. Er hatte den Rücken zu ihr
gewandt, sodass sie ihn nicht näher
einordnen konnte. Hinter ihm erkannte
sie den feinen Stoff eines Anzugs. Jenen,
den Mr. Owen trug. Verdammt, sie
musste aufhören in jeden Anzugträger
Clive zu sehen. "Mam? Trinken sie den
Martini nicht mehr?" Sie blickte auf. Der
junge Barkeeper sah sie fragend an.
"Äh nein."

"Etwas anderes, Mam?"

"Ein stilles Wasser bitte." Sie würde es austrinken und danach schlafen gehen.

Einen Moment später nippte sie an ihrem Wasser, immer noch vertieft in ihren Gedanken, die sie gleichzeitig zu verdrängen versuchte.

"Herr Barkeeper, sechs Prosecco bitte." Eine Frau, die reichlich angeheitert klang, stützte die Ellbogen auf die Theke. "Und sechs Tequila.", säuselte sie weiter. Ana glaubte, die Frau vorhin auf der Tanzfläche gesehen zu haben. Ihr Blick wanderte ziellos umher.

Sie erkannte die blauen Lagunen-Augen rechts von ihr und verschluckte sich fast. Hinter dem Mann mit dem Leinenhemd, stand eindeutig Clive. Offenbar verabschiedete er seinen Freund. Ana hustete erschreckt auf und stellt das Wasserglas ab. Sie merkte, wie sich ihr ganzer Körper anspannte. Was tat er auch hier? Sie wandte den Blick ab. Vielleicht hatte er sie noch nicht bemerkt. Sie könnte einfach auf ihr Zimmer gehen. "Die Prosecco, Mam." Der Barkeeper stellte hoch gefüllte Sektflöten vor der Dame auf die Theke, drehte sich kurz um und reichte die

Tequila. Die Frau neben Ana, gab ein leises ‛Dankeschön‛ von sich und verteilte die Drinks an das kleine Grüppchen Frauen. Es wurde laut gelacht und die Gläser klirrten gewaltig. "Auf Sylvia und Juan!", sagte jemand. "Ja. Auf das Hochzeitspaar!", eine andere Stimme. Dem konnte Ana sich nur anschließen. Sie hob kurz ihr Wasserglas, ohne etwas zu trinken. Auf dich Mom, dachte sie. Doch sie war längst nicht so entspannt wie das Damentrüppchen. Sie wusste, dass es Zeit war zu verschwinden. Sie wollte Clive nicht noch einmal über den Weg laufen. Doch wie es aussah war es schon zu spät. Mist. Er musste sie entdeckt haben, denn er kam jetzt geradewegs zu ihr hinüber. Mist! Mist! Mist! Den Blick fest auf sie gerichtet. Ernst. Undurchdringlich. Ana wappnete sich innerlich. Sie würde ihm nicht wieder erlauben sie zu küssen. Nein. Sie würde...Oh Gott, warum zitterte sie so? Und warum meinte sie zu glühen? Sie schluckte. Dicht vor ihr blieb er stehen. Seine Augen glitten langsam von ihren Blick zu ihrem Mund und wieder zurück. Er sagte nichts, was Ana zugleich gruselig als auch lächerlich erschien. Sie wollte ihn gerade darauf ansprechen, als er etwas vor ihr auf die Theke legte. Sein Handgelenk streifte dabei für den Bruchteil einer Sekunde ihren Unterarm und sie zuckte zusammen. Er sah sie noch einmal an, dann drehte er sich um und ging. Verwirrt sah Ana ihm nach. Langsam atmete sie tief durch. Erst dann blickte sie auf das kleine Etwas, das er hinterlassen hatte. Es war ein kleiner weißer Zettel, der weder zusammengefaltet noch zerknittert war. Die markanten, vermutlich sehr für sich sprechenden Schriftzeichen, konnten nur von Clive sein.

Falls du gewinnst...such dir etwas aus.
Ach ja, Fair Play.
Wenn ich gewinne, habe ich eine Woche, das eben Angefangene zu ende zuführen.
Nach meinen Regeln.

Deal?

Ana las die winzige Notiz noch einmal. `Wenn du gewinnst?` Was sollte das heißen? Wobei gewinnen? Und was sollte das mit ´seinen Regeln´? Das eben Angefangene zu beenden.

Ein Schauer lief ihr den Rücken hinunter. Er wollte mit ihr ins Bett. Das war eindeutig. Sie dachte wieder an seine Küsse und Berührungen und spürte wie sie rot wurde.

Himmel! Das war doch lächerlich. Was bildete sich dieser Typ eigentlich ein? Spielen um Sex? Für wie arrogant hielt er sich? Sie sollte die Notiz einfach ignorieren und ihn am besten auch. Daran täte sie vermutlich ganz gut. Sie wollte gerade den Zettel zusammenknüllen, als sie bemerkte, dass auch die Rückseite beschrieben war.

Sieger ist derjenige,
der zuerst Phase 10 gelegt hat.

Ein Kartenspiel also. Jetzt war sie neugierig. In Kartenspielen war sie gut. Verdammt gut. Sie würde ihn um Längen schlagen. Und sich als Gewinn etwas auszusuchen - ja das klang verlockend. Clive in einer Schwulenbar oder als Poolboy. Sie schmunzelte amüsiert.

Sie kannte das Spiel zwar nicht, aber das würde sie nicht davon abhalten ihn eins auszuwischen.

Ana erhob sich vom Barhocker und machte sich auf die Suche nach dem Mann, der ihr den Zettel zugesteckt hatte. Das konnte sie nicht so stehen lassen.

Schließlich fand sie ihn im Kaminzimmer. Den Rücken zu ihr. "Soll das eine Einladung zum Strippoker sein?" Er drehte sich zu ihr um. "Haben wir einen Deal?"

Ana lachte auf. Die Arme verschränkt, warf sie ihm einen höhnischen Blick zu. "Du bildest dir ganz schön was ein, wie?"

Clive trat einen Schritt auf sie zu.

"Faires Spiel. Du hast die Chance zu gewinnen."

"Und das werde ich auch. Obwohl ich das Spiel nicht kenne."

War sie verrückt geworden? Was tat sie da?

Er blickte sie durchdringend an. "Heißt das, du bist dabei?"

Ana lächelte ihn schnippisch an. "Oh ja. Allerdings. Ich möchte dich gerne als Tabledancer sehen. Das würde mir gefallen. Vielleicht in einer Schwulenbar."

Er verzog keine Miene, starrte sie nur an, die Frau die ihn um den Verstand brachte.

Er für seinen Teil, dachte er, wusste was er tat. Wer hätte gedacht, dass sie sich auf ein Spiel mit ihm einließ, nachdem sie ihren Unmut, was ihn anging, des öfteren geäußert hatte.

"Gut. Dann lass uns anfangen."

Er legte eine Hand in ihren Rücken und führte sie fort.

"Die nächste Entführung?"

Es war sarkastisch gemeint, ein Tonfall, den er jedes Mal aufs Neue bei ihr auszulösen schien.

Er lächelte nur. Ana konnte es fühlen. Diese Wärme, die sie schon öfter überkam, wenn er sein Mund zu seinem Lächeln verzog, breitete sich in ihrem ganzen Körper aus.

Über einen kleinen Umweg an der Hotelbar vorbei und einem Seitensaal, führte er sie ein Stück durch die Lobby und sie erkannte, dass Clive den Weg ins Chow einschlug. Das Restaurant, indem sie sich erholt hatte, nachdem der Werbespot über sie hereinbrach. Sie hatte schon einmal mit ihm hier gesessen. Und es war sicherlich keine gute Idee, das zu wiederholen, warnte eine Stimme sie in ihrem Kopf, die sie jedoch geflissentlich ignorierte. Sie würde ja ohnehin gewinnen. Also kein Grund zur Panik.

Clive ließ sie los, hielt ihr die Glastür auf und folgte ihr ins Innere des Restaurants. Sie war sich deutlich bewusst, dass sie alleine mit ihm war. Alleine mit Clive. Aber sie hatte keine Angst. Sie war nur nervös. Das Chow war leer. Das Licht dämmrig. Clive steuerte selbstsicher auf die Bar zu. "Möchtest du etwas trinken?" "Nein danke. Ich bleibe lieber bei klarem Verstand." Er schmunzelte leicht amüsiert über ihre Worte und schenkte sich einen Whiskey ein, den er auf der Theke stellte. Ana setzte sich auf einen der Barhocker. Sie waren ähnlich, wie die aus dem Festsaal. Aus dunklem Teakholz, mit hoher Lehne und eingearbeitetem schwarzen Leder.

"Also,", fing sie an, "ich kenne das Spiel nicht."

Clive kam jetzt um die Theke herum und setzte sich neben sie. Ein Kartenspiel aus seinem Jackett ziehend, sah er sie an.

"Das Spiel heißt Phase 10. Es geht darum, alle Phasen erfolgreich zu durchlaufen. Jeder bekommt einen Spielplan zur Übersicht." Er suchte eine bestimmte Karte aus dem Stapel und legte sie vor Ana. "Das sind die einzelnen Phasen. Es fängt an mit zwei Drillingen, Phase 1.

Es geht darum, aus den Karten auf deiner Hand,", er zählte zehn Karten ab und gab sie ihr, "zweimal drei gleiche zu finden. Mit drei gleiche, meine ich, zum Beispiel drei mal die 12, oder drei mal die zwei. Farben sind hier nicht entscheidend."

"Ah. Ok. Und wenn ich nur zweimal die gleiche Karte habe?"

"Dann musst du sie sammeln und eine Karte ziehen. Du kannst auch die Karte in der Mitte,", Clive legte eine Karte vom Stapel daneben, "gegen eine von deinen austauschen. In jedem Fall musst du eine Karte ablegen. Dann bin ich dran. Hast du die Phase 1 abgelegt, ist die Runde zu ende und wir spielen weiter, du in Phase 2 und ich in Phase 1." Clive hielt kurz inne und sah Ana an.

"Es gibt übrigens noch Joker, die überall einsetzbar und austauschbar sind."

"Oh. Ok. Verstanden. Was ist, wenn wir gleichzeitig ablegen können?"

Clive grinste. "Da wir uns immer abwechseln, kann nur einer ablegen. Und der andere muss die Phase dann wiederholen."

"Mmhm. Die anderen Phasen - was muss ich da beachten?"

Clive erklärte es ihr und Ana nickte. Er mischte die Karten.

"Stopp." Sie legte eine Hand auf seine. "Bevor wir anfangen. Eine Woche ist zu lang."

"Ich verhandle nicht."

"Und ich gehe nicht mit dir ins Bett."

Er sah sie herausfordern an und schaute dann auf ihre Hand, die seine immer noch umklammerte. Peinlich berührt, zog Ana sie zurück.

"Dann kann es ja losgehen.", meinte er heiter.

Er hatte die Karten neu gemischt, jedem zehn Karten ausgeteilt und eine in die Mitte gelegt. "Fang du an."

Ana musste sich erst einmal einen Überblick der verschiedenen Karten auf ihrer Hand verschaffen. Ok, sie brauchte zwei Drillinge. Sie hatte zwei Fünfen und drei Siebener. Vorne lag eine eins, was ihr nicht viel nütze. Sie zog eine Karte, die ihr auch nicht weiterhalf, und legte sie auf den Stapel.

Clive legte seine letzte Phase ab und grinste. "Phase 10!"
Ana konnte es nicht fassen. Sicher, sie war noch in Phase 4, hatte aber irgendwie geglaubt, sie würde ihn noch einholen.
"Nein. Nein. Moment. Das gibt's doch nicht."
Clive trank ein wenig von seinem Whiskey und lachte jetzt.
"Oh, ich wette du hast geschummelt. Wie vor Gericht.", blitze sie ihn wütend an. Sie war jetzt richtig in Fahrt. Er konnte doch nicht gewonnen haben. Ausgeschlossen!
"Du hast verloren, Süße. Nicht weiter tragisch, wenn du mich fragst."
Sie funkelte ihn an, doch er lachte nur noch mehr. Dann, als sie es nicht mehr ertragen konnte, tat sie etwas unüberlegtes. Sie zwickte ihn am Arm und spürte trotz seines Anzugs, die Körperwärme, die von ihm ausging, wie einen elektrisierenden Schlag. Daraufhin

wich sie hastig zurück. Er verstummte urplötzlich, als hätte er es auch gespürt.

Er stand auf und beugte sich zu ihr hinunter. Sein Mund ganz nah an ihrem Ohr flüsterte er: „Guter Deal! Ich freue mich darauf." Ana wollte noch etwas sagen, doch sie war wie vernebelt. Wenn er ihr so nah war, dass hatte sie schon bemerkt, konnte sie keinen klaren Kopf bewahren. Er wandte sich ihrem Gesicht zu, grinste sie triumphierend an und verschwand schließlich.

Ahhhhhhh. Dieses mieses, arrogante Arschloch! Was bildete er sich eigentlich ein? Verdammt, sie hätte sich nie auf dieses Spiel einlassen dürfen. Und wie konnte sie nur so dumm sein, zu glauben, sie würde gewinnen? Es war reine Glückssache, dass er als Erstes die letzte Phase niederlegte. Oder er hatte wirklich geschummelt. Dann nahm sie sein Glas, dass noch Whiskey enthielt und trank. Zum Teufel mit Clive! Sie verzog das Gesicht, als sie den herben Geschmack in der Kehle spürte.

Schließlich erhob sie sich und verließ das Chow mit dem Gefühl, einmal mehr auf seine Spielchen hereingefallen zu sein.

Sie streifte durch die Hotellobby. Sie war unterwegs in ihr Zimmer. Für heute hatte sie wirklich genug. Besonders von Clive! Herr Gott noch mal! Ana rieb sich die Schläfe. Sie spürte, dass sie müde war. Und sicher würde sie auch sofort einschlafen, wenn sie nicht so dumm gewesen wäre, sich auf Clive einzulassen. Er hatte sie wieder einmal um den Finger gewickelt. Und sie hatte es zugelassen. Automatisch schüttelte sie den Kopf, wie um sich selbst zu bestätigen, wie unüberlegt die Aktion von ihr gewesen war.

"Ana!" Ana blickte auf und sah in das feine, herzförmige, mit kurzen blonden Locken umrahmte Gesicht ihrer Schwester. Sie kam ganz nach ihrer Mutter.

"Chantal!" Sie bahnte sich einen Weg zum Hoteleingang, wo Chantal etwas unsicher, eine Hand auf einen schwarzen klassischen Koffer, lehnte. Ana umarmte ihre Schwester. "Da bist du ja endlich! Ich habe dich mehrmals versucht zu erreichen." Chantal erwiderte nichts. Stattdessen drehte sie sich soweit, dass sie durch den offenen Eingangs des Hotels mit den beiden Pagen, nervös hinausschaute. Ana wusste nicht was sie davon halten sollte. Andererseits war ihre Schwester schwanger nach einem One-Night-Stand. Klar, dass der Schreck noch tief saß.

Schließlich folgte Ana Chantal's Blick. Dort draußen stand ein Maserati. Nichts ungewöhnliches vor einer Adresse wie das Beverly Hills Hotel. Ana sah genauer hin und erkannte, dass in dem Wagen Licht brannte und der Fahrer, es war eindeutig ein Mann, zu ihnen herüberschaute. Nein zu Chantal.

Ana blickte wieder ihre Schwester an. "Wer ist das?"

"Er hat mich hergefahren. War nicht gerade begeistert, als ich bei ihm klingelte. Den ganzen Weg von San Francisco aus haben wir fast gar nicht geredet. Nur gerade." Chantal packte sich an die Schultern. "Ich habe versucht es ihm zu sagen, aber ich konnte nicht."

Ana verstand nicht ganz. "Ihm was sagen?"

Chantal drehte sich zu ihr. "Er ist der Vater des Kindes, Ana."

Sie sagte das so leise, als konnte sie es selbst kaum glauben. Ana schnappte nach Luft.

"Deshalb warst du in San Fran. Du wolltest zu ihm."

"Ja. Ich wollte ihm von der Schwangerschaft erzählen. Nicht, dass ich mir dadurch etwas erhofft hatte, ich wusste dass wir in verschiedenen Welten leben. Nur als ich vor ihm stand konnte ich nicht. Ich konnte es ihm einfach nicht sagen."

"Du musst es ihm sagen."

"Ich weiß."

"Ahnt er nicht schon längst etwas?"

"Vermutlich. Er musste mehrmals unterwegs anhalten, weil mir so übel war. Aber er hat nichts dazu gesagt."

"Oh, Darling." Ana berührte ihre Schwester sanft am Oberarm.

Ein Page beobachtete die Blicke der Ladys und deutete schließlich auf Chantal´s Koffer. "Mam, darf ich Ihnen behilflich sein?"

"Sie können ihn auf mein Zimmer bringen, Ana Susuki."

Der Page nickte und verschwand mit Chantal's Koffer im Aufzug.

Beide Schwestern wandten sich wieder an den Fahrer in dem Maserati.

"Willst du nicht hingehen und mit ihm reden?"

"Nein!"

"Aber..."

"Ich habe Angst Ana. Als Psychologin sollte ich es besser wissen. Ich kann einfach nicht..."

"Wieso starrt er dich die ganze Zeit so an? Wirklich Chantal, du solltest mit ihm reden." Doch ihre Schwester schüttelte nur den Kopf, warf noch einen Blick auf den Fahrer und beschritt dann die Hotellobby. Ana seufzte, folgte ihr aber schließlich.

Sie merkte, dass ihre Schwester, sich ablenken wollte.

"Du siehst übrigens ziemlich angeheitert aus. Gute Party, was?"

Ana sah Chantal an. "Weißt du, ich habe gerade etwas wirklich Dummes getan."

Chantal blinzelte sie an.

Und dann erzählte Ana ihr von dem 'Deal', wie Clive ihn nannte. Sie erwähnte nicht, dass er sie jedes mal aufs neue erhitzte. Auch die Vorgeschichte ließ sie weg.

"Also ich finde das ziemlich lustig.", meinte Chantal.

"Er ist doch nicht verheiratet, oder?"

"Glaub nicht. Aber darum geht es auch nicht. Er macht nur Schwierigkeiten."

Chantal grinste ihre Schwester verschmitzt an.

"Ach Ana, vielleicht ist er genau richtig für Dich. Und wenn nicht, lässt du ihn halt links liegen."

Ana zog eine Grimasse.

"Sieh es mal so, du machst eine Woche Urlaub in Kalifornien und hast dabei jede Menge Vergnügen." Ana sagte nichts. "Denk auf jeden Fall an Verhütungsmittel, wenn du nicht gleich ein Kind von ihm bekommen willst.", schob Chantal warnend nach. Sie dachte an den Investmanbanker in dem Wagen vor dem Hotel. Brian war definitiv jemand, bei dem sie alles vergessen hatte. Die eine große Frage, die ein Mann einer Frau stellen konnte, hatte er ihr gestellt. Chantal war alles andere als vorbereitet gewesen. Was hätte sie auch sagen sollen? Sie musste erst einmal nachdenken. Erst dann würde sie ihre Schwester davon erzählen.

Ana schob die letzte Bemerkung von Chantal in die hintersten Winkel ihres Bewusstseins. Sie hatte keinen Bedarf, dem Gedanken weiter nachzugehen. Für einen Flirt war Clive vielleicht ein geeigneter Mann, doch für weiteres?
Sie schüttelte den Kopf. Es war lächerlich, überhaupt daran zu denken.
Sie umarmte ihre Schwester, als auch schon ein weiteres Familienmitglied dazu stoß.
"Chantal! Da bist du ja endlich, Schätzchen!"
Sylvia Susuki's Stimme hallte in der Hotellobby. Das elegante Brautkleid nur ein klein wenig an der Spitze zerzaust, sah sie doch immer noch wie die perfekte Braut aus. Die Schwestern sahen sich an. "Du hast ihr doch nichts gesagt, oder?", fragte Chantal hastig.
"Nein.", versicherte Ana ihr. "Das solltest du tun. Muss ja nicht jetzt sein."
Kurze Zeit später stand ihre Mutter strahlend vor ihnen.
"Hi Mom. Alles Gute zur Hochzeit!" Chantal versuchte frohen Mutes zu klingen und brachte ein schwaches Lächeln zustande als sie ihre Mutter darauf hin umarmte.

Sylvia nahm es ihr ab. Ana bemerkte, dass ihre Mom wohl schon den einen oder anderen Prosecco gekippt hatte. Ihre Wangen glühten und aus ihren fein geschminkten Augen drang ein intensives Leuchten, das nur Glück sein konnte. "Danke Liebes." Jetzt wandte sie sich an Ana. "Ana! Ich dachte schon du bist verschwunden. Hast wohl Chantal abgeholt? Ich freue mich ja so euch beide hier zu sehen. Kommt mit, ich werde euch meinen Bridge-Club vorstellen. Einige von denen sind auf der Suche und ich glaube sie haben ein Auge auf Juan's Vetter geworfen. Sie tanzen was das Zeug hält."

"Also ich werde schlafen gehen. Bin ziemlich fertig.", meinte Ana.

Sylvia verzog kurz das Gesicht, ehe sie wieder lächelte. "Dann schlaf gut, Darling." Sie warf einen Blick auf Ana's Kleid. "Brauchst du Hilfe um aus diesem traumhaften Satin zu kommen?"

"Geht schon,", grinste Ana müde "ich habe doch einen Kleiderbügel." Chantal schmunzelte.

"Gute Nacht, Ana. Bis später." Es folgten Umarmungen, dann wandte sich Ana dem Aufzug zu und sah wie ihre

679

Schwester sich von ihrer Mom in den Saal führen ließ.

"Dir geht's doch wieder gut, oder Darling? All der Herzschmerz und so?"

Sylvias Stimme drang entfernt, aber doch verständlich an ihr Ohr. Und kurz drauf ein schwaches "Ja. Ja. Natürlich." von Chantal. Die Unsicherheit in ihrer Stimme war nicht zu überhören. Für einen Moment fragte sich Ana, was sie tun würde, wenn sie an Chantal´s Stelle wäre. Schwanger von einem Mann, den sie nicht näher kannte, nach einem One-Night-Stand. Vermutlich würde sie das beste aus der Situation machen und in Zukunft besser aufpassen.

Der Aufzug kam und sie stieg erleichtert ein. In ihrem Hotelzimmer schälte sie sich mit Hilfe des Kleiderbügels, den sie immer in ihrem Koffer dabei hatte, aus dem Kleid, schminkte sich gründlich ab, benutzte die kleine Zahnpastatube aus ihrem Kulturbeutel und legte sich schließlich erschöpft und mit frischer Kleidung auf das Bett.

Verschlafen öffnete Ana die Augen. War es wirklich schon so hell? Sie strich sich ihre Haare aus dem Gesicht und stöhnte, als sie von dem grellen Licht geblendet wurde. Kurzerhand wälzte sie sich und wollte die Augen wieder schließen. Seltsam. Wieso kam ihr der Gedanke, heute wäre kein guter Tag? Sie blinzelte. Gestern war Mom's Hochzeit gewesen. Sie hatte Chantal in der Lobby angetroffen und ihre Mom war, kurze Zeit später, dazugestoßen. Aber davor. Wieder dieses vage Gefühl. Und dann fiel es ihr wieder ein. Schlagartig setzte Ana sich auf und rieb sich den Schädel. Sie hatte sich auf Clive's Spielchen eingelassen. Und war auf ihn hereingefallen. Einen Deal. Verdammt. Sie hatte mit diesem Kerl einen Deal abgeschlossen. Oh nein! Oh nein! Oh nein! Ok Ana. Ganz ruhig. Bleib cool. Reg dich jetzt bloß nicht auf, redete sie sich ein. Sie hatten Karten gespielt. Es war aus dem Ruder gelaufen, denn er musste gemogelt haben und sie hatte verloren. Was sie nicht sonderlich stören würde, wäre da nicht dieser Deal. Diese eine Woche. Dieses 'wir führen das zu ende'. Ana schluckte.

Ihr Kopf dröhnte bei der Vorstellung wie er sie im Kaminzimmer geküsst hatte.

Sie an ihrem ganzen Körper berührt hatte. Sein Atem hatte ihre Haut gestreift und ihr wahre Hitze beschert.

Schluss jetzt, schallte sie sich selbst. Dieser Mann trieb sie noch in den Wahnsinn. Na schön, er sah unverschämt gut aus. Und küssen konnte er - mein Gott und wie, ging es ihr durch den Kopf. Und die Art wie er sie berührt, an die Wand gedrängt hatte und sie zum glühen brachte, sagte ihr, dass der Sex mit ihm sagenhaft sein musste. Oder vermutlich noch besser. Verdammt. Sie tat es schon wieder. So darfst du nicht einmal denken, Ana!

Er wollte also mit ihr ins Bett. Sie würde sich nicht auf ihn einlassen. Das große Aber war nämlich, dass er nicht gut für sie war. Er machte Schwierigkeiten, aber vor allem war er schrecklich arrogant und er spielte mit ihr. Sie warf die Decke zurück und sprang aus dem Bett. Sie brauchte einen Kaffee. Und etwas Bewegung wäre gut, damit sie wieder einen klaren Kopf bekam. Hatte sie Sportkleidung dabei? Ana wühlte in ihrem Koffer und streifte sich schließlich eine Shorts und ein Tanktop über, band sich mit einem Haarband ihre Mähne zusammen und schlüpfte in ihre Turnschuhe. Sie ging ins Bad und verließ kurze Zeit später ihr Zimmer mit einer Basekap, die den Schriftzug 'Sea the World' trug. Ein Geschenk ihres Vaters.

Bei 'Café Paris' in der Lobby, holte sie sich einen Kaffee und trat hinaus ins Freie. Sie hatte keine Ahnung, wie spät es war. Und das war vielleicht auch gut so.

Der verkehrsreiche Sunset Boulevard glänzte vom starken Sonnenlicht. Alle vier Spuren waren von Autos belegt. Geländewagen, Sportwagen, Suzukis und Toyotas rangelten sich nach vorn. Hupen ertönten und wütende Autofahrer brüllten irgendetwas aus dem Fenster. Vor dem Hotel war ein reges Treiben auszumachen. Taxitüren wurden geöffnet, Koffer gerollt und in Kofferräume verstaut. Ein Page grinste verschmitzt, als er einen Blick auf das Trinkgeld warf, das ihm eine ältere Dame zugesteckt hatte. Ana trank von ihrem Kaffee und lief Richtung Downtown. Sie kannte sich nicht unbedingt in L. A. aus, aber diesen Weg wusste sie. Ein paar Straßen weiter, warf sie den leeren Pappbecher in den Müll. Der heiße Kaffee hatte gut getan, sie war jetzt schon fast wach. Ana verfiel in ein leichtes Traben und joggte ein Teil des 35km langen Boulevards entlang. Vorbei an den Nickelodeon Studios und dem ehemaligen Warner Bros Center.

Nüchtern betrachtet, dachte sie jetzt, war die Sache mit dem Deal doch albern. Ein reines Hirngespinst. Und so banal, dass sie vielleicht darüber gelacht hätte, wenn Sam ihr davon erzählt hätte. Nur, dass sie selbst es war, die sich darauf eingelassen hatte. Vielleicht dumm. Aber es war eindeutig den Cocktails zuzuschreiben, die sie getrunken hatte, redete sie sich ein. Also kein Grund zur Panik. Du hast noch ein paar Tage Urlaub, genieße es, sagte sie sich selbst.

Eine knappe Stunde später traf Ana auf dem Weg zu ihrem Zimmer auf Sam.

"Na, da bist du ja wieder!"

„Und du auch", erwiderte Ana lachend.

"Hatte gerade das tolle Vergnügen deine Mutter und ihren frisch Angetrauten im Garten anzutreffen. Sehen sehr verliebt aus, die beiden."

"Ah. Schön zu wissen. Ich habe sie heute morgen noch nicht gesehen." Ana sah wie ihre Freundin lächelte und hielt kurz inne, ehe sie sie drauf ansprach.

„Sag mal, wieso grinst du eigentlich so?" "Ich hatte fabelhaften Morgen.... äh, du weißt schon. Sieht man das denn nicht?" Ana lachte. "Das sieht dir ähnlich."

"Und ich habe seine Nummer. Er will sich nächste Woche melden. Der Tony Weston, der sich gestern Abend so reizend um meine Tanzkünste gekümmert hat.", strahlte Sam.

Irgendwie meinte Ana, eine puterrote Freundin vor sich zu haben. Eine, die alles andere als ein wenig hingerissen war. Hatte Sam sich etwa verliebt? Ihre Sam? Das wäre wirklich das Unglaublichste überhaupt. Wie schön! Ana schmunzelte und ihr fiel auf, dass ihre Freundin das nicht einmal bemerkte.

"Was ist mit dir?" Sam zog erwartungsvoll eine Augenbraue in die Höhe. „Was ist mit Clive?"

"Ach. Der Typ hat mich reingelegt."

Sie deutete in wenigen Worten den Deal an, wie Clive ihn nannte.

Sam begriff schnell und wie Ana fand missverstand sie und Chantal die Situation völlig.

"Also für mich sieht es eher danach aus, als ob er ziemlich scharf auf dich wäre."
Ana verdrehte die Augen, konnte aber nicht verhindern, dass sie rot wurde.
"Die Frage ist nur, bist du auch scharf auf ihn?"
Ana antwortete nicht. Sie dachte an gestern Abend. Für einen kurzen Moment war sie scharf auf ihn gewesen. So scharf, dass sie sich hinreißen lassen hatte und fast etwas getan hätte, was sie später sicherlich bereut hätte. "Nein.", sagte sie schließlich zu Sam gewandt. Die untrügerische Miene ihrer Freundin sagte Ana, dass Sam ihr nicht glaubte. Na und wenn schon. Sam sah auf ihr Armbanduhr.
"Ok. Ich muss los. Mein Flieger geht in zwei Stunden. Lass dich drücken." Sie umarmten sich. Dann fragte Sam, "Sehen wir uns in New York?"
"Ja. In ein paar Tagen. Ich habe noch etwas Urlaub.", lächelte Ana.
"Melde dich und sag mir, wie deine neuen Bikinis ankommen. Ich würde ja gern mit dir in der Sonne liegen, aber da ist diese..."
"neue Kundin.", beendete Ana den Satz ihrer Freundin. Ana wusste, was neue

Kundinnen bedeuteten. Arbeit. Viel Arbeit. Sam nahm sich nämlich nicht nur den Kleiderschrank der Frauen vor, sondern auch deren Zuhause, ihr Auftreten und sie schickte sie zur Maniküre sowie zur Pediküre, sowie zu einem erstklassigen Friseur am Times Square, zu dem Ana auch immer hinging.

"Du sagst es." Sam nickte nur und wandte sich zum Gehen.

„Doch bevor ich gehe, will ich Tony noch Tschüss sagen." Sie grinste verschwörerisch und winkte ihr.

"Ich melde mich.", lachte Ana. Sam als Freundin zu haben, tat ihr unglaublich gut. Sie würde sie in den nächsten Tagen anrufen.

So, dachte Ana. Sie hatte ausgecheckt, sich von Sam verabschiedet, ihre Mom eine gute Reise nach Italien gewünscht, Chantal zurückgeschrieben – ihre Schwester hatte nicht in demselben Zimmer geschlafen wie sie, stattdessen war sie, nach langem Überlegen schließlich zu dem Schluss gelangt, dass es besser sei mit Brian zu reden, das hatte sie Ana heute früh geschrieben -

und jetzt hatte Ana noch Zeit sich ein anderes Hotel zu suchen. Eigentlich mochte sie das Beverly Hills Hotel. Es gefiel ihr sogar ausnehmend gut, aber sie wollte auf gar keinen Fall Clive über den Weg laufen.

Sie lächelte. Sicher machte sie sich umsonst solch einen Stress. Vermutlich war er schon längst weggefahren und wollte den gestrigen Abend vergessen.

Gut so. Wahrscheinlich hatte auch er den Deal als albernes Hirngespinst abgetan und es war ihm längst peinlich, ihr so etwas vorgeschlagen zu haben. Jetzt würde sie in ein Taxi steigen, das nächste freie Hotel ansteuern und noch ein paar Tage Kalifornien genießen. Sie hatte sich auf einen Badeurlaub eingestellt und alles erdenkliche dafür eingepackt. Und sie wollte unbedingt den atemberaubenden Küstenhang am Big Sur, zwischen San Fran. und L.A., in Augenschein nehmen. Außerdem hatte sie sich ein Buch mitgenommen und ihre Zeichenutensilien. Sie wollte dem Pagen neben ihr, der ihren Koffer zu den vordersten Taxi beförderte, gerade Trinkgeld geben, als Ana sie sah. Eine große schwarze Limousine weiter rechts,

glänzte unter den hohen Palmen in der Sonne. Wieso nur starrte der Fahrer, der vor dem riesigen Gefährt lehnte, sie nur so an? Es musste der Chauffeur sein. Doch Ana war sich sicher, ihn noch nie gesehen zu haben. Jetzt kam er auf sie zu. "Mam?"
Der Page sah sie fragend an. "Äh. Warten Sie einen Augenblick.", sagte Ana flüchtig, den Blick unverwandt auf den Chauffeur gerichtet. Es war ein Mann mittleren Alters mit halber Glatze und einem Schnäuzer und sah ungläubig liebenswert aus.
"Miss Ana Susuki?"
Der Mann sah sie jetzt, direkt ihr gegenüber, fragend an. "Ja?"
Er lächelte sie warmherzig an. "Ich bin Barry Liversthon. Mr. Owen's Assistent. Er bat mich, hier auf Sie zu warten."

"Ich möchte keinesfalls den Eindruck
erwecken
eines Partners wegen hierher gekommen
zu sein."

Elizabeth Bennet, Stolz und Vorurteil,
Jane Austen

*Gedankennotiz: Traue nie einem Mann,
dessen Kuss dich fast in den Wahnsinn
getrieben hat.*

25

Ana sah ihn sprachlos an. Clive hatte den Deal nicht als Witz abgetan. Er wollte ihn doch tatsächlich durchziehen! Wie konnte sie nur einen Moment daran zweifeln?
Barry griff nach Ana's Gepäckstück und der Page trat automatisch ein Schritt zurück. Offenbar erwartete der Chauffeur keine Antwort. "Kommen Sie, Miss. Der Wagen steht dort drüben." Er deutete auf die Limousine und setzte sich in Bewegung. Sicherlich erwartete

er, dass Ana ihm folgte und das tat sie tatsächlich.

"Hören Sie, Mr. Liversthon." Er drehte sich zu ihr um.

"Sie können mich gern Barry nennen."

"Na schön, Barry." Ana hatte Mühe mit ihm Schritt zu halten. "Das ganze ist ein absolutes Missverständnis."

"Das hat er auch gesagt."

Barry blieb vor der Limousine stehen, öffnete mit einem Schlüssel den Kofferraum und verstaute wie selbstverständlich ihren Koffer.

Ana machte ein verwirrtes Gesicht.

"Er sagte, Sie würden sicherlich von einem Missverständnis sprechen. Aber Sie beiden hätten einen Deal."

Ana schüttelte den Kopf. Clive hatte vielleicht Nerven!

Was bildete er sich ein? Sie würde nicht auf seine Bedingungen eingehen. Das Spiel gestern Abend hatte sie verloren. Na und?! Noch lange kein Grund daraus eine nicht enden wollende Kette zu machen. Sie wandte sich wieder an Barry.

"Das geht nicht. Das geht ganz und gar nicht. Ich habe Urlaub, fahre jetzt in eine anderes Hotel und genieße meine freie

Zeit." Als der Chauffeur nicht reagierte, schob sie nach:

"Der Deal wie Clive ihn nennt, war doch nur ein Scherz, Barry. Verstehen Sie? Er wollte mich um den Finger wickeln."

Barry schlug den Kofferraum zu.

"Wissen Sie, Miss Susuki, ich mache meinen Job sehr gerne und ich möchte ihn auch behalten. Also steigen Sie jetzt ein, ich fahre sie zu Mr. Owen."

Er hatte keine Lust in die Frauengeschichte von Clive hineinzugeraten. Das regelte er besser selber. Er hatte sich noch nie eingemischt und das würde er auch jetzt nicht tun.

Ana sagte nichts. Der Mann vor ihr, war von Clive offenbar zur Sturheit erzogen worden.

"Wenn Sie etwas an dem Deal auszusetzen haben, klären Sie das direkt mit Mr. Owen."

Er hielt die hintere Tür der Limousine auf und wartete. Ana wusste, dass Barry keine Ruhe geben würde und so stieg sie mürrisch in das lange Fahrzeug. Barry setzte sich hinters Steuer und startete kurz darauf den Motor.

Das schwarze Leder war angenehm kühl unter ihrer Haut und reichlich komfortabel. Sie lehnte sich zurück und dachte an den Mann, dem sie das alles hier zuzuschreiben hatte. Die Trennwand zur Fahrerkabine wurde heruntergelassen und Barry wandte sich kurz zur ihr. "Falls Sie etwas trinken wollen, bedienen Sie sich an der Minibar." Dann verschwand sein Kopf wieder hinter der Trennwand.

Clive und sein Personal! Was sollte sie davon nur halten?

Ana nahm sich ein Wasser aus dem kleinen Kühlschrank zu ihrer Rechten und verzichtete auf ein Glas. Clive würde sich auf einiges gefasst machen müssen, soviel stand fest. Sie hatte Mühe ihre Wut zu unterdrücken und konnte es kaum erwarten, ihm den Marsch zu blasen. Andererseits wollte sie ihm überhaupt nicht gegenübertreten. Nicht noch einmal. Diese Begegnungen mit ihm mussten aufhören. Und zwar schnellstens. Diese Nervosität, die sie empfand, wenn er sie auch nur anstarrte und die gleichzeitige Wut, die er in ihr auslöste, wenn er sie provozierte, brachten sie jedes Mal aufs Neue durcheinander. Unsinn, sagte sie sich und trank einen Schluck des kühlen Getränks. Sie würde kurz bei ihm halt machen, ihm erklären, dass er sich den Deal sonst wo hin stecken konnte und dann mitsamt ihrem Koffer wieder verschwinden.

Sie sah aus dem Fenster, bemerkte wie sie langsam den Sunset Boulevard hinter sich ließen und weiter Richtung Norden fuhren. Ana seufzte. Sie hätte jetzt schon längst, untergebracht in einem anderen Hotel, Urlaub machen können. Doch jetzt musste sie ein Konflikt lösen, den Clive angezettelt hatte. Es war nicht untypisch für ihn, wenn man den Pariser Werbespot in Betracht zog. Wahrscheinlich war ihm einfach nur langweilig. Sie hätte sich nie auf ihn einlassen dürfen. Doch dafür war es jetzt zu spät. Resigniert trank sie die kleine Flasche Wasser aus und verstaute sie in den Mülleimer neben der Minibar. Die monotonen Bilder der Interstate verschwammen schließlich vor ihren Augen.

Die weitläufige Allee bemerkte Ana erst, als ihre Augen dem spärlichen Lichteinfall ausgesetzt waren. Sie ließ das Fenster herunter, durch das sie die letzte Stunde gestarrt hatte. Die großen Eichen und Olivenbäume boten reichlich Schatten und sahen so friedlich aus, dass man fast meinen könnte, hier wohne Mutter Teresa. Doch das war wohl, der größte Trugschluss überhaupt. Clive war stets angriffsbereit und selten einsichtig, wenn sie an den Werbespot dachte.

Es könnte natürlich auch sein, dass er sich aus alldem ein Spaß gemacht hatte. In jedem Fall galt es, Clive Owen nicht noch einmal so nah an sich herankommen zu lassen. Er tat ihr nicht gut. In jeder Hinsicht.

Ana erinnerte sich, dass es reichlich dunkel war und die dichte Blätterdecke ziemlich bedrohlich gewirkt hatte, als Clive sie damals hierher verschafft hatte. Doch diesmal war es anders. Sie würde sich nicht von ihm einlullen lassen. Ganz bestimmt nicht. Mit welchen Tricks er auch spielte, sie war vorbereitet.

Die Limousine hatte ihr Tempo längst verlangsamt und hielt nun auf der kreisrunden Parkfläche. Ana stieg aus, schulterte ihre Handtasche und stellte fest, dass sich Clive's Villa von außen nicht verändert hatte. Sie wirkte immer noch reichlich dominant mit ihrer erstaunlichen Größe und den dunklen Ziegeln und doch so elegant, durch die vielen verschnörkelten Balkons, die mit allerlei farbenprächtigen Blumen aufwarten konnten.

Es war immer noch schwer vorstellbar, fand Ana, dass ein Mann wie Clive, der so arrogant war, in diesem Schmuckstück lebte. Barry hatte ihren Koffer bereits zum Eingangsbereich befördert und hielt ihr jetzt die Tür auf.

"Miss Susuki?"

Ohne eine Antwort stürmte sie an Barry vorbei in die Eingangshalle. Ihre hohen Schuhe klackten auf den glänzenden Boden. Sie war geladen bis zum geht nicht mehr und mehr als bereit abzufeuern. Schnurstracks öffnete sie die Tür zum Wohnbereich und spürte, wie der Absatz ihrer Pumps, in den feinen Veloursteppich versank. Das große schwarze Ledersofa, auf dem sie eine Nacht gelegen hatte, stand immer noch am selben Fleck. Und auch sonst, schien sich nicht viel verändert zu haben. Das vorderste Kalenderblatt neben dem CD-Ständer zeigte nicht mehr Linda, wie

Ana auffiel, sondern ein anderes Model, das ihr sehr bekannt vorkam. Sie ging hinüber in die angrenzende Küche, auf dessen Arbeitsfläche allerlei Lebensmittel standen. Sicherlich wollte Clive gleich etwas kochen. Nun damit, würde er warten müssen, sie hatte etwas wichtiges mit ihm zu besprechen. Ob er im Obergeschoss war? Nein, das kam ihr absurd vor. Nicht am helllichten Tag. Oder hatte er ein Arbeitszimmer? Sie wusste es nicht, beschloss aber, es erst einmal im Garten zu probieren. Die lange Fensterfront ließ sich problemlos öffnen und verschaffte ihr Zugang zu einer Terrasse, die Homes&Gardens wohl alle Ehre gemacht hätte. Sie bot reichlich Raum und war von tropischen Palmen, kleinen Orangenbäumchen und Zypressen gesäumt, die hinter einer schmalen Wasserbahn rundherum ein faszinierendes Bild abgaben. In der Mitte stand ein großer Gartentisch aus Teakholz mit soviel Stühlen, dass Ana erst gar nicht zählte. Die Sitzmatten waren türkisfarben getränkt und riefen die Vorstellung des nahen Pazifischen Ozeans in ihr wach. Ana schritt die geschwungene Treppe zum Garten hinab und sah erst jetzt, wie groß der Garten war. Die Fläche musste riesig sein, denn der Garten erstreckte sich vor ihr wie ein halbes Baseballfeld. Der Großteil davon war mit Grünfläche bepflanzt. Weiter hinten standen dichte Baumreihen, diese typisch kalifornischen 100 Meter hohen Mammutstämme. Es sah wirklich beeindruckend aus, fand Ana. Seitlich von ihr führte ein geteerter Weg in Schlenkern zu einem kleinem Bungalow, der von weitem aussah, wie ein nobler Gartenschuppen. Ihre Augen wanderten weiter. Hinter einem angelegten Wasserfall mit Schilfblättern und Seerosen, falls sie sich nicht täuschte, blickte ihr ein kleiner Rosengarten entgegen. Und da war jemand, bei den Rosen. Sie erkannte einen Rücken, der sich jetzt erhob. Er gehörte zu einem kleinen, dunkelhaarigen Mann, der sich augenblicklich wieder den Rosen widmete. Clive hatte also einen Gärtner. Einen erstaunlichen, dachte sie bei sich. Nun gut, dass war wahrscheinlich nicht anders zu erwarten. Wo war Clive nur selbst? Weiter zu ihrer Rechten endeten die kurz geschorenen Grashalme und helle Terrakotta-fliesen führten zu einem

Swimmingpool, der von Sitzbänken und ein paar Holz-Liegestühlen, die mit den gleichen Matten wie auf der Terrasse aufwarten konnten, umgeben war.

Ana schlenderte den Weg entlang und registrierte, dass auf einem der Bänke ein Kopfhörer und ein Handtuch lag. Ob der Gärtner hier gleich seine Runden drehen würde? Kurz vorm Pool blieb sie stehen. Das himmelblaue Wasser bestätigte den Eindruck des sonnigen Golden State mit seinen vielen Naturschätzen. Es bewegte sich nur leicht. Hinter dem Pool führte der Weg weiter zur einem offenem Pavillon. Keine Frage. Dieser Garten war wirklich ein echtes Juwel. Wo war Clive nur? Ana wollte gerade kehrt machen und dem Gärtner einen Besuch abstatten, als sie aus den Augenwinkeln eine Bewegung wahrnahm. Sie blinzelte noch einmal. Ein dunkelblonder Haarschopf schwamm an der Oberfläche. Jetzt auch ein Gesicht. Es war Clive. Eindeutig. Wenigstens brauchte sie ihn jetzt nicht mehr zu suchen. Er schwamm geradewegs auf die Ausstiegsleiter neben ihr zu, sodass sie hastig nach hinten wich und mit ihrer Wade an eine der Holzbänke geriet. Sie wollte nicht, dass er dachte, sie würde gaffen. Sie hatte einfach nur etwas mit ihm zu besprechen und zwar dringend. Noch ehe er aus dem Wasser stieg, grinste er belustigt. Er musste sie bemerkt haben. Als er sich an der Leiter hochzog und schließlich vor ihr stand, triefend nass und zum anbeißen, meinte er: "Gute Idee mit dem Deal, was?"

Ana antwortete nicht gleich. Sie hatte Mühe, die straffen Bauchmuskeln und die breite Brust vor ihr zu ignorieren. Nichts weiter als eine dunkle Schwimmshorts, die ihm fast bis zu den Knien reichte und sie war schon abgelenkt. Herrje. Sie musste sich dringend zusammen reißen. Sie richtete ihren Blick auf sein Gesicht. Doch das war auch kein sonderlich guter Einfall von ihr. Wieso nur, war er so schrecklich attraktiv und wieso löste sein Mund bei ihr den Wunsch nach weiteren Küssen aus? Seine Augen schauten sie erwartungsvoll an. Da war es wieder, diese leuchtende Gerissenheit. Sie schluckte.

"Also...weshalb ich hier bin..." Er beugte sich vor und griff nach dem Handtuch, rubbelte sich kurz durch die Haare und hängte es sich schließlich um die Schulter.

"Ich bin raus aus dem Deal."

Clive sah sie an. "Das geht nicht Schätzchen. Deal ist Deal." Er drehte sich um und lief in Richtung Haus. Ana hatte zwar mit so einer Art von Antwort gerechnet, doch seine arrogante Haltung machte sie trotzdem wütend. Sie folgte ihm in die Küche. Die Sonne hatte seine Haut in der kurzen Zeit weitestgehend getrocknet und schimmerte jetzt natürlich auf. Er griff zum Kühlschrank, holte eine Schale geputzter Erdbeeren heraus und stellte sie zu den anderen Lebensmitteln auf der Anrichte. "Hunger? Es gibt Spargel."

Ana musste zugeben, dass klang wirklich verlockend. Und ihr Magen verlangte nach etwas Essbarem. Aber mit Clive? Sie sollte lieber zusehen von hier wegzukommen. "Ich werde mich nicht von dir einlullen lassen, also versuche es erst gar nicht." Er grinste sie nur an, was sie ziemlich verunsicherte. "Vielleicht kann ich ja gar nicht anders."

"Ah, Miss Susuki!" Der Mann, den sie vorhin im Rosengarten gesehen hatte, trat in die Küche. Er war ein kleiner, asiatischer Mann mit einem einladenden Lächeln. "Ich bin Hoi Min." Ana bemerkte, dass er sich wirklich zu freuen schien, was sie darauf zurückführte, dass Clive ihm von ihr erzählte hatte, oder dass die Gegenwart von Clive ihn so an ödete, dass er bei jedem Gast so gestrahlt hätte. Sie tippte auf Letzteres, konnte Ersteres aber nicht ausschließen. "Freut mich, Hoi Min." Sie reichte ihm die Hand. "Nennen Sie mich Ana."

Er nickte nur. "Das französische Gästezimmer ist bereits für Sie hergerichtet."

"Danke, Hoi Min, das ist sehr freundlich von Ihnen. Aber ich bleibe nicht. Der Asiate machte ein fragendes Gesicht. Clive schaute von dem geschälten Spargel auf. "Sie wird bleiben. Sie ist nur etwas aufgeregt. Kalifornien und so." Hoi Min lächelte Ana warmherzig an. "Es wird Ihnen gefallen, Miss." Schließlich verschwand er wieder im Garten. Ana versuchte ihren Zorn zu bändigen. Sie drehte sich um und versuchte Clive mit ihrem Blick zu durchbohren. Sie ging zum Tresen nahm sich eine Erdbeeren und ging auf die

Terrasse. Wieso konnte er sich nicht wenigstens jetzt etwas überziehen? Während sie die rote Frucht genüsslich kaute, bemerkte sie, dass der Gartentisch mit drei Tischsets gedeckt war. Hoi Min tauchte hinter ihr auf und verteilte Teller und Besteck. "Oh lassen Sie nur. Zwei Gedecke reichen völlig. Ich bleibe nicht."

Hoi Min schaute entgeistert auf und setzte eine traurige Miene auf. "Mr. Owen wird sehr enttäuscht sein. Er hat sich so auf Sie gefreut." Ana runzelte die Stirn. Stimmte das etwa? Sie drehte sie um, bereit für den zweiten Versuch mit Clive zu reden. Hinter ihr klapperte das Geschirr. Weiter als die Türschwelle kam sie jedoch nicht, denn Clive stand die Arme verschränkt vor ihr. "Wir haben einen Deal, weißt du noch?" Seine Miene war dunkel, doch Ana meinte einen kleinen Lachansatz um seinen Mundwinkel zu sehen. Eine Backpfeife wäre jetzt sicherlich das Richtige gewesen. Doch vor dem Gärtner? Andererseits? Sie überlegte und drückte sich schließlich ohne ein Wort an Clive vorbei. Genug Energie verschwendet, es war Zeit den Chauffeur aufzusuchen.

Der Türrahmen war zwar groß, doch Clive füllte ihn beinahe vollständig aus. Als sie ihn zwangsläufig berührte, hätte sie gemeint zu beben. Schließlich nahm er auch noch ihren Arm und zog sie mit sich, durch den Wohnbereich zur Treppe. Ana versuchte sich loszumachen, doch sein Griff war warm, stark und unnachgiebig. Sie fragte sich, ob Hoi Min die ganze Szenerie mitbekam und ob ihm Clive's Methoden längst bekannt waren. "Ist die Entführung hier zu ende? Gelangen wir jetzt zur Gruftkammer oder was?" , fragte sie an Clive gewandt. Ihr sarkastischer Unterton, mit dem sie ihn nerven wollte, war kaum zu überhören, doch Clive reagierte nicht darauf. Sie hörte ein Räuspern. Hoi Min? Stattdessen scheuchte er sie die Treppe zur ersten Etage hoch und führte sie in ein großes Schlafzimmer. Als Ana sah, dass er hinter ihnen abschloss, wurde sie wütend. Sie wollte auf ihn losgehen, ihn anschreien. Doch Clive setzte sie auf's Bett und verschwand mit einer Hose im angrenzenden Badezimmer. Kurze Zeit später kam er wieder heraus, riss einen Schrank auf und zog ein paar T-Shirts heraus, die er ihr zuwarf. "Was soll das werden?" Ana war sichtlich perplex.

"Ich weiß nicht welches ich zum Lunch tragen soll, wo doch ein Gast im Haus ist."

Ana kniff die Augen zusammen. "Du holst mich in dein Schlafzimmer, damit ich dir sage, welches Shirt du tragen sollst?" Er grinste sie an und trat ans Bett. "Hast du auf etwas anderes gehofft?" Ehe sie sich auf die Provokation einlassen konnte, schnappte sie sich das erstbeste Shirt, welches auf ihren Knien gelandet war und hielt es ihm unter die Nase. Während er es entgegen nahm und es sich überstreifte, wich er keinen Schritt zurück. "Danke."

"Ich werde mich nicht darauf einlassen. Vergiss es."

"Du bist bereits drin, Süße."

Ana seufzte. "Wenn ich etwas verfluche, dann ist es der Tag, an dem ich dich kennengelernt habe." Er grinste wieder.

"Ich weiß. Daher haben wir ja den Deal. Nur leider hast du das Spiel verloren." Die Herausforderung in seinem Blick war an Überheblichkeit kaum zu überbieten. Dieser Mann machte sie schier wahnsinnig.

"Na schön.", brach Ana die elektrisierende Atmosphäre schließlich. "Ich werde mich auf dein krankes Spiel einlassen, aber nur unter einer Bedingung."

Sie hielt kurz inne.

"Wenn du ausfliegst."

Clive war mittlerweile in seine Flipflops geschlüpft. Jetzt wandte er sich ihr zu, die Arme verschränkt. "Du willst mich aus meinem eigenem Haus rausschmeißen?"

Ana stand auf. "Es ist doch nur für eine Woche, herrje."

"Aber es ist mein Haus. Und das ist nicht der Deal."

"Dann ändern wir den Deal eben."

"Tja. Pech für dich. Ich ändere meine Deals nicht."

Damit verschwand er aus dem Raum.

Das war wieder einmal typisch Clive! Zeit sich um ihre Abreise zu kümmern. Sie stand auf. Das Schlafzimmer, was Clive vermutlich gehörte, hatte dunkle Nuancen und helle Sandtöne. Es gefiel ihr, auch wenn es etwas komisch war in seinem privaten Bereich zu sein. Sie glitt durch die offene Tür in den Flur und entdeckte ein Zimmer weiter rechts, welches das Gästezimmer sein musste. Sie sah ihren Koffer – man hatte ihn also bereits hochgeschleppt! - vor dem riesigen Bett mit der lavendelfarbener Bettwäsche. Darüber bot eine breite Fensterfront die Aussicht auf den Garten. Es hätte nicht schöner sein können. Im Zimmer selbst erkannte Ana den französischen Stil. Wunderschöne, mit Blumen besprenkelte Bordüren und Verzierungen an den Schränken stachen ihr ins Auge. Einen weißen Raumteiler mit Lavendelblüten, der wohl als Anprobe fungierte, passte farblich zu dem antiken Sekretär weiter links. Korbsessel rundeten das Ambiente ab. Es sah wirklich sehr harmonisch aus. Sie ließ ihren Blick noch einmal durch den Raum schweifen. Die Vase mit den weißen Orchideen auf der Kommode holte sie zurück in die Wirklichkeit. Fast hätte er es geschafft, sie tatsächlich einzulullen. Wie damals im Gerichtssaal. Sie schluckte ihre Wut hinunter und stieg die Treppe hinab. Der himmlische Duft von Essen stieg ihr bereits im Wohnraum in die Nase. Vor dem Herd fand sie Clive. Er briet irgendetwas an, was köstlich roch. Sie trat näher.

"Kostprobe?" Er sah zu ihr hinüber. "Essen gibt es in," er warf einen Blick auf die große Küchenuhr an der Wand hinter ihm, "sieben Minuten."

Ana lächelte. "Gib dir keine Mühe."

"Ich werde mitessen. Aber nur, weil ich Hunger habe und unheimlich scharf auf Spargel bin." Danach würde sie sich ihn vorknöpfen.

Ana ging hinaus und sah wie Hoi Min eine Rose abschnitt und sie in ein Glas Wasser auf den Tisch platzierte. Er gab sich so viel Mühe. Was dachte er, wer sie war? Ein Staatsbesuch?

"Setzen Sie sich, Miss."

"Oh, ich..." Ana wollte sich gerade umdrehen um Clive zu helfen, als er auch schon auf der Terrasse erschien. Es gab Spargel an Dorade mit Pfirsichen in einer Zitronen-Thymian-Sauce, alles in einer großen Kokotte angerichtet, die Clive jetzt mit zwei Topflappen heraustrug. Sekunden später erschien er mit einer großen Schüssel Spinatsalat mit Sellerie, verschiedenen Nüssen und kleine in Senf eingelegte Eier. Gutes Eiweiß, wie Ana wusste. Clive hatte sich gegenüber Ana gesetzt. Hoi Min neben ihr. "Wein?", fragte Clive.

"Nein, danke." Obwohl sie wusste, dass er zum Fisch wahrscheinlich super passen würde. "Ein stilles Wasser mit Zitronenscheibe reicht völlig." Clive stand auf, noch ehe Hoi Min dazu kam und erschien kurze Zeit später mit einem Krug von gefertigtem frischen Saft und einem Wasser für Ana zurück.

"Cheers!" Die Gläser klirrten kurz.

"Und jetzt – Guten Appetit!"

Clive schnitt den Fisch an und verteilte ihn mitsamt Spargel an Ana, Hoi Min und sich selbst.

Er dampfte noch und verströmte angenehme Aromen.

Nach einer Weile hielt Ana inne. Es schmeckte einfach fantastisch. "Ich brauche das Rezept."

Clive grinste sie nur an, während er einen weiteren Bissen zu sich nahm.

"Da können Sie lange warten." Sie sah zu Hoi Min.

"Er rückt keine Rezepte raus. Nicht mal gegen Bestechung. Nicht mal für meine Familie." Es klang fast so als wäre er beleidigt.

"Ihre Familie? War sie denn mal hier?"

"Oh ja. Letzten Oktober. Clive hat ein fabelhaftes Menü gezaubert. Und meine

Familie war begeistert. Nur rausrücken
wollte er mit dem Rezept nicht."
Ana sah Clive verständnislos an, wandte
sich dann wieder ihrem Spargel zu.
"Purer Stolz.", sagte sie dann.
Hoi Min, erwiderte nichts darauf,
vermutlich wollte er seinen Arbeitgeber
nicht verärgern und da sie Clive's
Grinsen nicht länger ertragen konnte,
schaute sie erst gar nicht zu ihm.
"Woher kommen Sie genau, Hoi Min?"
"Jaipur. Indien."
"Mmhm. Schöne Gegend."
"Du warst schon mal da?", schaltete sich
Clive ein. Ana nahm sich von dem Salat.
"Ja. Drei Monate nach dem College. Ich
habe damals gerade mit dem Modeln
angefangen und hab mir eine kurze
Auszeit genommen. Ein tolles Land."
Clive beobachtete sie. Diese Frau
faszinierte ihn.
"Dann können Sie sicher ein
amerikanisches Curry von einem echten
indischen Curry unterscheiden?", wandte
Hoi Min ein.
"Na ja."
"Sie wird, wenn du diese Woche dein
Curry machst." Hoi Min schmunzelte.

"Ich muss Sie aber warnen, Miss. Bei uns essen wir sehr scharf."

"Das kann ich bestätigen.", pflichtete Clive ihm bei.

Wenn man nicht an Mr. Collins dachte,
entnahm man die Gemütlichkeit des
Hauses.

Stolz und Vorurteil,
Jane Austen

*Ich bin beeindruckt und ich will nicht
beeindruckt sein. Ich bin zufrieden,
ruhig, gelassen und ich will es nicht
sein. Zumindest nicht hier. Nicht bei
dem Mann, der mein Leben so
gefährlich
werden lässt, der mein Inneres ins
Wanken bringt. Ich muss, ich sollte, will
von hier weg. Jawohl. Und Dad - ich
setze auf deine Hilfe!*

26

Später schaute Ana sich noch ein wenig
im Garten um. Sie hatte das unbändige
Verlangen, diese einmalige Aussicht
aufzusaugen, damit sie für immer in ihr
Gedächtnis eingeprägt blieb. Unweit der
Bäume nahe der Terrasse entdeckte sie

eine Hängematte, die sie kurzerhand belagerte. Es war einfach nicht fair, dass so ein wunderschöner Garten einem arroganten Anwalt gehörte. Sie seufzte. Na ja, obwohl sie zugeben musste, kochen konnte er wirklich. Es hatte hervorragend geschmeckt. Sie konnte Hoi Min verstehen, dass er nach den Rezepten von Clive lechzte, sie selbst wollte, die gefüllte Dorade unbedingt nach kochen.

Er hatte sogar darauf bestanden, den Abwasch zu machen und sie und Hoi Min herausgeschickt.

Diese Ruhe! Nein, das hatte New York nicht. Hier schien alles still zu stehen und das gefiel ihr. Was Clive wohl so machte, wenn er alleine in diesem großen Garten war? Ob er ein Buch las? Freunde einlud? Eine große Party gab? Oder vielleicht einfach wie sie die Aussicht genoss? Wahrscheinlich schwamm er lediglich ein paar Bahnen im Pool wie vorhin. Bei dem Gedanken an seinen nackten Oberkörper...nein, daran wollte sie jetzt nicht denken, überhaupt nicht denken. Sie musste sich ablenken. Es war sowieso höchste Zeit, das Weite zu suchen, sich ein Taxi zu bestellen.

"He!"

Ana blickte auf. Clive stand frisch gestriegelt vor ihr.

"Na, habe ich dich bei irgendetwas gestört?"

"Was?"

"Na ja, du hast so verträumt ausgesehen."

Das fehlte auch noch, dachte Ana, sich von diesem Mann so bezeichnen zu lassen.

"Lass mich einfach ein Taxi rufen." Sie stand schon auf und lief ins Haus auf der Suche nach ihrer Handtasche.

Während sie wählte, lehnte er im Türrahmen. Sie hatte sich an der Rezeption des Beverly Hills Hotel die Visitenkarte eines Taxiunternehmens eingesteckt, nachdem sie ja bisher mit deren Erreichbarkeit nicht den größten Erfolg gehabt hatte. "Was ist, wenn ich dich überreden kann zu bleiben?"

"Oh bitte. Was soll das werden? Willst du mich zwingen hierzubleiben? Wieder?"

Die ersten Rufzeichen erklangen.

"Mal abgesehen davon, dass wir einen Deal haben, glaubst du nicht, dass ich das schaffe?"

Ana antwortete nicht. Sie wollte sich nicht von ihm provozieren lassen. Um keinen Preis.

"Du bist Anwalt. Sicher hast du deine Tricks. Aber darauf falle ich nicht noch einmal hinein."

Er lachte vergnügt und trat einen Schritt auf sie zu. "Ja ich fürchte, dass sagt man Anwälten nach. Aber weißt, du, was man Frauen wie dir nachsagt?"

Ana's Mund wurde auf einmal trocken.

"Dass sie sich zu fein sind, sich an Deals zu halten."

"Hallo?", die Stimme am anderen Ende der Leitung ertönte und Clive riss das Handy an sich.

"Rechnen Sie mit einer Reservierung dieser Lady in einer Woche." Dann legte er auf und warf das Handy in Ana´s Handtasche.

Inzwischen hatte Ana sich beruhigt, aber ihre Wut auf Clive war noch lange nicht verraucht. "Sag mal, bist du total übergeschnappt?"

"Komm, ich zeig dir den Strand."

715

"Weißt du, was dein Problem ist? Du denkst du kannst mit deinen krummen Geschäften irgend so ein Ding drehen. Pass lieber auf."

Wieder lachte Clive. "Krumme Geschäfte. Dass ich nicht lache. Wir hatten einen Deal, Lady. An dem du genauso wie ich beteiligt waren. Gewöhn' dich besser dran. Eine Woche ist im übrigen keine lange Zeit."

Clive nahm sich eine Wasserflasche aus dem Kühlschrank und verließ das Haus in Richtung Strand. Unterwegs traf er Hoi Min. "Miss Susuki will heute im Haus bleiben?"

"Ach, sie ist verstimmt. Zuviel Sonne und so."

Ohne eine Antwort abzuwarten, lief Clive weiter. Er wusste, dass Frauen schwierig waren. Doch Ana war ein echter Extremfall. Sie war ziemlich sexy und trotzdem so kratzbürstig. Langsam kamen ihm Zweifel wegen des Deals. Klar, es waren nur sieben Tage. Doch er wollte sie nicht einengen. Sie war eine erwachsene Frau. Er akzeptierte sie, respektierte sie. Nur, sich von dem Deal zu lösen, würde bedeuten, dass sie sofort fahren würde. Und irgendwo in seinem

Inneren wollte er das nicht. Da war noch diese Erinnerung an den Kuss im Kaminzimmer letzte Nacht. An soviel mehr. Dieses Verlangen in ihm.

Hinter der Holzhütte bahnte er sich einen Weg durch kleine Fichten und trat kurz darauf auf Sand. Er zog seine Flipflops aus und lief barfuß hinaus zum Meer.

Als seine Füße das Wasser berührten, ging er ein paar Meter weiter östlich. Dieser Privatstrand gehörte ihm und den umliegenden Domizilen gemeinsam und wurde gut gepflegt.

Es war wenig los um diese Uhrzeit. Er blickte hinaus aufs Meer. Ein Segelboot währte in einiger Entfernung. Und auch das türkisblaue Wasser schien sich zu erholen. Ruhig und sanft schimmerte es in der Sonne.

Clive dachte an Ana. Er war noch nie mit einer Frau so umgegangen, wie mit ihr. Andererseits war sie auch nicht irgendeine Frau. Irgendwie schien sie etwas in ihm hervorzurufen. Etwas, was ihn scharf machte. Und etwas anderes, Lebensfrohes.

Ana hatte sich derweil in die Hängematte gelegt. Gut, sie würde bleiben. Clive's Deal war völlig überzogen. Doch diese eine Woche würde sie ja wohl überstehen. Sie würde ihm einfach aus dem Weg gehen. Zudem wollte sie nicht zu den Frauen gehören, die nicht zu ihrem Wort standen. Sie seufzte. Eine Woche. Na gut.

Dann schlug sie ihr Buch auf und versuchte zu lesen. Der Titel 'Feel the Fear and do it anyway' war ihr sofort ins Auge gesprungen und hatte sie neugierig gemacht. Sie wollte Kinder. So sehr. Und irgendwann, musste sie über ihren Schatten springen und einen der Männer ansprechen, die mit ihr flirteten. Sonst würde es nie etwas, das wusste sie.

Sie könnte auch alles Sam überlassen, doch Gott bewahre, was da herauskommen würde. Ana war der Ansicht, dass sich jeder selbst um sein Liebesleben, sein Familienleben oder all die Pläne, die damit zusammenhingen kümmern sollte.

Und Clive? An den wollte sie lieber gar nicht erst denken. Jemanden, der sie so auf die Palme brachte, sie verwirrte und versuchte, seine Spielchen mit ihr zu spielen, sollte sie besser aus dem Weg gehen. Möge ihr das hier gelingen.

Später am Nachmittag hatte Ana ihren Sonnenplatz gegen einen Liegestuhl getauscht und ihr Zeichenpapier hervorgekramt. Sie hatte mit dem Gedanken gespielt Sam anzurufen, doch die war sicher noch im Flieger. Heute Abend, würde sie sich bei ihr melden.

Ana hatte keine Ahnung wo Clive war. Vorhin war er einmal an ihr vorbeigelaufen. Doch das konnte schon wieder etwas her sein. Und es konnte ihr auch unwichtig sein. Je weniger sie ihn zu Gesicht bekam, desto unkomplizierter würde die Woche vergehen. Sie konnte immer noch nicht glauben, dass sie hier geblieben war. Doch sie sagte sich, dass das noch lange nicht hieß, dass sie bereit war, das „Angefangene" in irgendeiner Hinsicht fortzusetzen. Sie nahm einen Schluck Wasser, dass sie sich wie Clive aus dem Kühlschrank genommen hatte und schaute sehnsüchtig auf den Pool. Eine Runde wäre jetzt nicht schlecht. Doch sie sollte sich besser nicht zu heimisch fühlen. Clive wollte sie lieber angezogen begegnen. Die Mittagshitze war mittlerweile vorbei und es war endlich Gelegenheit für sportliche Aktivitäten.

Sie würde ihren Stepper aus ihrem Koffer hervorkramen und vielleicht gab es in der Nähe eine Joggingstrecke für morgen früh?

Sie klappte ihre Zeichenmappe zu und machte sich unterwegs in das Gästezimmer. Mit Erstaunen musste sie feststellen, dass sogar dieser Raum klimatisiert war. Allerdings etwas zu frisch für ihr Verhältnis, daher drehte sie ein wenig am Knopf neben der Tür. Sie zog ihr Springseil hervor, machte sich nicht die Mühe ihre kurzen Shorts und Tanktop zu wechseln, schlüpfte nur in ihre Sportschuhe und ging in den Garten. Sie würde versuchen diese Woche als Urlaub anzusehen, wie Chantal es genannt hatte. Irgendwie würde ihr das schon gelingen.

Im Flur hörte sie Hoi Min's Stimme. Er war wohl in einem der Nebenzimmer. In seiner Muttersprache klang er ganz anders, fand Ana. Viel vertraulicher. Bestimmt sprach er mit seiner Familie.

Nachdem sie, zum Aufwärmen, einen kleinen Lauf auf dem Stepper hingelegt hatte, fühlte sie sich bereit den Tag auszukosten. Sie wollte unbedingt den

Weg zum Strand erkunden. Hatte Clive nicht davon gesprochen?

Sie machte noch ein paar Schritte auf ihrem Stepper und schüttelte dann Beine und auch ihre Arme aus, die sie dabei immer mitbewegte.

Es kam ihr seltsam vor, Clive den ganzen Tag über nicht gesehen zu haben. Sie wollte keine unerwarteten Wendungen erleben. Doch war sie sehr erleichtert, denn just in dem Moment, sah sie wie er um die Ecke bog, etwas in der Hand, so groß wie ein Walfisch. Er kam näher und setzte sich mitten auf den Rasen. Erst jetzt erkannte Ana, dass der 'Walfisch' ein Schlauchboot war und Clive daran mit einer Luftpumpe hantierte.

Sie schmunzelte. "Du hast ein Schlauchboot?"

Er sah auf und grinste. "Ja. Ziemlich cool, oder? Mitfahren?"

Er hielt einen Moment ihren Blick, bevor er weiter Luft in das riesige Gefährt pumpte.

"Also..." Ana kam sich etwas blöd vor, dass sie ihn überhaupt angesprochen hatte. Jetzt hatte sie so schnell, keine

Antwort parat. Andererseits wollte sie unbedingt den Strand sehen.

Nach wenigen Minuten stand Clive auf, offensichtlich war er fertig. "Na, was ist?"

"Ok." Sie schob ihren Stepper an die Seite und folgte ihm Richtung Wasser.

Bei der Holzhütte und den Fichten, trug er das Boot so hoch, dass nichts passieren konnte.

Im Sand zogen sie ihre Schuhe aus und Clive schob das Boot ins Wasser. Ana blickte in die Weite. Was für eine Aussicht! Hier könnte sie die nächsten Tage joggen gehen. Es gab sogar weiter vorn einen asphaltierten Weg.

"He - Ich muss noch rein."

"Na dann los."

Ana stütze sich an Clive's Schulter ab und setzte sich auf die rote gummiartige Beschichtung. Clive gab noch einen Stups und sprang dann hinzu. Dabei geriet das Boot leicht ins Wanken. Ana erschreckte sich kurz. "Du fährst also manchmal hiermit aufs Meer hinaus?."

Ana dachte an ihren Dad und daran ob Clive wirklich Gemeinsamkeiten mit ihm hatte.

"In Wirklichkeit habe ich es für Madison gekauft." Er schob sie mit einer Hand im Wasser ein wenig an, bis sie in den sanften Strom des Meeres wiegten.

"Das Patenkind und dessen Bruder, das nicht mit dir verwandt ist?"

"Genau. Sie kommt mich gelegentlich mit ihren Eltern und ihrem Bruder Finn besuchen."

Gut zu wissen, dachte Ana. Was mochte das Kind denken, dass sie hier war?

"Erzähl mir von ihr."

Clive sah sie an. "Oh sie ist großartig. Ein sehr aufgewecktes Kind. Will sich immer durchsetzen. Wenn sie hier ist, gehen wir meist schwimmen. Sie schickt mir Postkarten und ist im Moment ganz verrückt nach Delfinen. Das kann sich aber jederzeit ändern. Finn ist da eher der Fußballer. Mit ihm baue ich Tore und passe dann auf, dass er keinen Ball rein macht."

Ana lächelte. Es war interessant, Clive von Kindern reden zu hören, auch wenn das noch immer nicht ganz ins Bild zu passen schien.

"Die am Kühlschrank ist also auch von ihr? Scheint ja ziemlich verrückt nach dir zu sein."

"Warum auch nicht? Ich bin ein ziemlich hipper Kerl, wie Finn und Madison sagen würden."

Ana prustete los und Clive stimmte irgendwann mit ein.

Gut, er war humorvoll, musste Ana zugeben.

Ein Mann der gut küssen konnte und humorvoll war, dass bedeutete eigentlich...

Nein, sie wollte lieber nicht darüber nachdenken.

Sie wusste, dass Clive es dermaßen übertreiben konnte. Den Pariser Spot hatte sie noch in guter Erinnerung.

Als sie kurze Zeit später in ihrem Zimmer lag, das weiche französische Bett unter ihr, die helle Decke mit den beleuchteten Sternen über ihr, fragte sie sich, wie es wäre auf so einem Anwesen wie Clive's zu leben. Es hatte wirklich Charme. Wenn sie nur an die kleinen, runden Balkons dachte und die vielen Blumen. Und die Nähe zum Strand erst. Los Angeles hatte seinen Reiz. Keine Frage. Aber New York verlassen? Das müsste sie sich erst einmal gründlich überlegen. Schon eher hatte sie mit dem Gedanken gespielt, sich ein Eigenheim zuzulegen. Irgendetwas mit Garten, da war sie sich sicher. Vielleicht sollte sie das tatsächlich machen, dachte sie.

Sie schloss die Augen, blendete die Gedanken an Clive aus, der bestimmt nur ein paar Türen weiter schlief und fiel in einen tiefen, festen Schlaf.

Am nächsten Morgen wachte Ana früh auf. Das offene Fenster brachte den Singsang der kalifornischen Zugvögel an ihr Ohr und sie lauschte erholsam. Nachdem sie sich etwas übergezogen hatte, ging sie hinunter. Sie wusste, heute war schon Montag. Nur eine Woche, sagte sie sich. Du wirst das schon hinbekommen.

"Ah, Guten Morgen Miss Susuki."

Hoi Min strahlte sie freundlich an. Er stand in der Küche und werkelte an irgendetwas herum.

"Morgen, Hoi Min."

"Mögen Sie einen grünen Smoothie? Frisch, ich habe mir gerade selber welchen gemacht."

"Gern. Danke." Ana trat nach draußen und hielt Ausschau. Sie wollte lieber vorgewarnt sein.

"Falls Sie Clive suchen, er ist heute nicht da. Stress im Hotel. Zu wenig Personal."
Hoi Min reichte ihr das Frühstücksgetränk. "Danke."
"Mmhm. Sehr erfrischend." Hoi Min lächelte nur. Ana lehnte sich gegen die Küchentheke.
"Was machen Sie heute?"
"Ich?" Der Asiate wirkte verwirrt.
"Na ja. Sie können ja nicht jeden Tag den Garten oder den Haushalt machen."
Hoi Min lächelte vielsagend. "Um ehrlich zu sein, bin ich insgeheim auf der Suche nach Clive's Rezepten. Aber ich fürchte er hat sie alle in seinem Kopf."
"Ich werde sie schon noch aus ihm herausbekommen, warten Sie es ab."
Ana wusste zwar noch nicht wie, aber so schwer konnte das doch nicht sein, oder?
"Ich gehe joggen, kommen Sie mit?"
"Nein. Nein. Yoga."
"Ah."

Am Nachmittag hatte Ana mit Sam telefoniert und erfahren, dass sie gleich zwei neue Kunden an Land gezogen hat, was wirklich echt klasse war. Sie hatte ihrer Freundin nichts von dem Essen oder dem Bootsausflug mit Clive erzählt.

Aber sie hatte gesagt, dass sie diese eine Woche bleiben würde.

"Wusste ich es doch."

"Was?"

"Na, du hast doch gemerkt, dass er ganz ansehnliche Qualitäten haben muss, dein Clive."

Ana stöhnte. "Komm mir nicht schon wieder damit. Es ist eine Woche. Ein Tag ist bereits um. Ich werde nur hier wohnen. Mehr nicht."

"Wenn du meinst.", hatte ihre Freundin daraufhin nur erwidert. Typisch Sam. Sie konnte es nicht lassen, Ana zu verkuppeln.

Auch am Abend sah Ana Clive nicht. Sie hatte ihr Buch fast durch und weiter gezeichnet. Es tat gut soviel Ruhe zu haben.

Sie ging früh ins Bett, konnte jedoch kein Schlaf finden. Unruhig wälzte sie sich hin und her. Schließlich stand sie auf und ging hinunter in die Küche. Völlig verblüfft war sie, ihn dort anzutreffen. Er saß auf einem der Hocker über die Küchentheke gebeugt.

Sie dreht sich im Bewusstsein ihrer
Schönheit,
er gibt ihr Struktur, hält und bewundert
sie.
Der Tanz der Liebe.

Zersägt eure Doppelbetten, Robert Betz
und Andrea Schirnak

*Hattest du je das Gefühl, Dad, einem
Menschen ganz nah zu sein? Jemanden
außer der Familie?
Es ist ein schönes Gefühl.
Eine weitere Erinnerung, die ich neben
den deinen sorgfältig in meinem Herzen
bewahre.
Es fühlt sich an, als könnte das Herz
sprechen, Dad.*

27

"Oh. Hi.", platzte sie heraus. "Konnte
nicht schlafen."
Clive blickte sie an. "Ging mir genauso.
Feigenkompott?"

Ana setzte sich neben ihn. "Gern."
Während er zum Kühlschrank lief, band
sie ihren knappen Morgenmantel etwas
enger. Hätte sie gewusst, dass er hier in
der Küche ist, hätte sie sich wenigstens
Shorts angezogen.
Er reichte ihr ein Glas mit dem frischen
Kompott.
"Mmhm, danke, das duftet ja super." Er
setzte sich wieder. Sie aßen eine Weile
schweigend.
"Was ist das?" Sie deutete auf die
Aufzeichnungen mit Abbildungen, die
vor ihm lagen.
"Die Ideen für mein neues Kochbuch."
Ana sah ihn an. "Im Ernst? Du schreibst
ein Kochbuch?"
"Na ja. Im Moment ist alles noch ein
schieres Durcheinander."
"Darf ich mal sehen?"
"Bitte." Ana griff nach einem Blatt. Sie
fand Gerichte mit langen, ausführlichen
Rezepten. "Mungosprossen mit
Babymöhren und Zwiebeln als Salat.
Hört sich gut an." Sie nahm eine weitere
Aufzeichnung. "Jakobsmuscheln auf
Spargelragout, Spitzpaprika gefüllt mit
Spinat und gelber Zucchini, Petersfisch
an Tomatensalsa, scharfer Asiasalat mit

Hühnchen in Reispapier, Pochiertes Ei auf Salbeiblätter, Pflaumen im Schinken Mantel, Rumpsteak mit Bohnen, Ente à la Orange."

Clive aß unbeeindruckt weiter. "Wo sind die Fotos hierfür?"

"Einige Gerichte habe ich noch nicht zubereitet."

Ana blätterte weiter. "Garnelen-Currysuppe. Mmhm. Geniale Ideen."

Er sah sie von der Seite aus an. "Im Ernst, du hättest jetzt darauf Appetit?"

Ana lachte bei seiner Frage.

"Wir können das Essen auf die Tageszeit verschieben und das Zubereiten auf das Jetzt. Was meinst du? Du hast doch bestimmt eine gute Kamera."

Clive sah sie eindringlich an, sagte aber nichts. Schließlich legte sie eine Hand auf seinen Arm. "Komm schon Clive. Das macht sicher Spaß und außerdem hättest du Hilfe."

"Interessant, dass *du* mich zu etwas überreden zu versuchst."

Ana lächelte. "Ich sehe nur meinen Vorteil."

"Und der wäre?"

"Das Kochen, das Probieren, die tolle große Küche." Er grinste sie an.

"Wer sagt, dass du etwas abbekommst?"
Ana zog ihre Hand weg, als sie meinte,
ihre Haut würde glühen. "Ich helfe dir,
schon vergessen?!"
Sie nahm noch einen Löffel des
Obstkompott, wobei sie ihn verschmitzt
ansah.
Schließlich erhob sie sich von dem
Küchenhocker, schnappte sich Clive's
leeres Glas und berührte dabei mit ihrem
Knie sein Bein.
Sie warf die beiden Löffel in die Spüle,
stapelte die Gläser und weichte sie in
Wasser ein. Feigen war eines der
Obstsorten, bei der sie herzhaft zugriff.
"Also, womit fangen wir an?"
Clive sah ihr amüsiert zu. Ihre
Lebhaftigkeit. Sie schien sich in seiner
Küche total wohl zu fühlen und das
gefiel ihm. Viel mehr jedoch
interessierte ihn, was sie wohl unter dem
kurzen Morgenmantel trug.
"Also einer schneidet die Zitronen, der
andere nimmt die Garnelen aus."
"Hast du überhaupt alle Zutaten da?"
"Schätzchen, ich weiß was ich tue.
Ansonsten improvisiere ich."
Clive bahnte sich einen Weg an ihr
vorbei und berührte sie dabei absichtlich

an den Hüften. Er legte ihr ein Schneidebrett mit Zitronen hin.

Zehn Minuten später köchelte die Suppe bereits auf niedriger Sparflamme. "Sie riecht himmlisch."

"Wart`s ab bist du sie probiert hast. Ein guter Kritiker fällt erst nach dem Probieren sein Urteil."

"Können wir schon mit etwas anderes anfangen?"

"Sicher. Die Pflaumen können entsteint werden und das Hühnchen können wir schon anbraten."

Ana lag an diesem Morgen erst um sieben im Bett. Doch das störte sie nicht. Sie hatten tolle Gerichte kreiert. Einige sogar noch abgeändert. Auch wenn sie nicht alles gekocht hatten, was seine aufgeschriebenen Ideen hergaben, waren sie doch erheblich weitergekommen. Und es hatte unheimlich viel Spaß gemacht. Wie oft hatte sie gedacht 'Was für ein Mann!' So imponiert hatte er sie und das nicht nur durch seine Kochkünste, obwohl diese allein schon hervorzuheben würdig waren.

Clive war danach noch in den Pool gesprungen. Doch sie war zu müde.

Aufgedreht und müde. Nachdem sie jetzt, gute drei Stunden später, wieder aufstand, sich in Sportsachen warf und raus gehen wollte, fand sie Clive eingeschlafen auf eine der Liegestühle am Pool. Er hatte sich eine Basekap aufgesetzt, weil er offenbar nicht von der Sonne geweckt werden wollte. Ob sie ihn wecken sollte? Nein. Sie beobachtete ihn noch eine Weile. Wie er so dalag. Dann jedoch glaubte sie, er hätte sie bemerkt. Mist! Jetzt räkelte er sich langsam. Er wurde wach und hob langsam seine Kappe, die er jedoch sofort wieder hinunterzog.

Sie zwang sich ruhig zu bleiben. Distanz zwischen ihnen war immer noch notwendig, wie sie fand.

Als er Ana sah, grinste er. Er sagte nichts, grinste nur noch mehr, was ihr Unbehagen nur noch verstärkte. Schließlich fragte er: "Joggen?"

Als sie nur nickte, erhob er sich vom Liegestuhl, machte einige Verrenkungen und drehte sich ihr zu. "Warte, ich komme mit. Bewegung kann ich jetzt gut gebrauchen."

Sie gingen gemeinsam den Weg zum Strand und verfielen schließlich in ein leichtes Traben.

Die Sonne begleitete beide. Ana musste mehrmals blinzeln und ärgerte sich ein wenig ihre Sonnenbrille nicht dabei zu haben.

"Das war ein sehr schöner Abend gestern. Ich wusste nicht, dass Kochen mit einer Frau so viel Spaß macht." Den letzten Satz fügte er etwas schmunzelnd hinzu. Ana schaute zu ihm herüber. "Ja.", war alles was sie herausbrachte. Sie fand den gestrigen Abend mit ihm auch sehr schön. Doch genau das machte sie nervös. Es war besser, das Thema nicht weiter zu vertiefen, und das Gespräch auf sicheres Terrain zu lenken, fand sie. Während sie sich seinem Lauftempo anpasste, überlegte sie nach einem Thema. Schließlich fragte sie ihn nach seinem Assistent Barry aus. Ihre Anspannung legte sich etwas, doch sie war immer noch deutlich zu spüren. Was hatte dieser Mann an sich, dass er sie so aus der Bahn warf?

"Darin steckt doch nichts, als ein
unausstehlicher Drang
nach Extravaganz und Unabhängigkeit,
eine höchst bäurische Gleichgültigkeit
gegen die guten Sitten."

Mrs. Hurst, Stolz und Vorurteil,
Jane Austen

*Eine Frau sollte sich von keinem Mann
vertreiben lassen. Oh nein!
Frauen sollten stark sein!
So let's be provoking!*

28

Den ganzen Nachmittag schon lag sie in
der Hängematte auf der Terrasse. Sie
kritzelte irgendetwas auf ihren
Notizblock. Clive hatte sie beobachtet.
Nur um festzustellen, dass ihre
Aufmachung in dem knappen Bikini ihn
ziemlich erregte. Lange konnte sie dort
nicht mehr bleiben. Heute kamen seine
Jungs vorbei und die hatten sie so nicht
zu sehen. Höchste Zeit das klarzustellen.

Er hatte bereits den Grill angeworfen und die Salate standen kalt. Zudem konnte er viele Gerichte verwenden, die sie beide letzte Nacht zubereitet hatten. Es würde lustig werden. Nur Ana in ihrem kurzen Outfit machte ihm zu schaffen. Kurzerhand schlenderte er zu ihr hinüber. Nah genug um zu sehen, dass ihr Block neben einigen Modezeichnungen auch schriftliche Aspekte aufwies. Erst als er einen Schatten über sie warf und die Spätsonne verdeckte, blickte Ana auf. Ihr Gesicht hatte die Farbe eines Sonnenaufgangs, purpurschimmernd, geheimnisvoll und doch neugierig.

"Die Jungs kommen heute Abend.", begann er. "Also solltest du vielleicht ein bisschen ausgehen. Es gibt ganz nette Clubs in der City." Er schaute sie auffordernd an. Ana verstand nicht. Sie vergaß sogar für einen Moment, nur im Bikini vor ihm zu liegen.

"Du hast mich hierher verschleppt. Ich denke gar nicht daran, das Feld zu räumen."

Clive grinste sie an. "Ich habe dich nicht verschleppt, du hast verloren, Süße."

Seine Stimme hatte beinahe etwas Zärtliches.

"Wie auch immer, *ich* werde nicht ausgehen." Seine Miene verzog sich grimmig, ehe er ohne ein weiteres Wort davon stampfte. Sollte er doch mit seinen Jungs ausgehen. Sie jedenfalls würde hierbleiben. Vielleicht noch einen Spaziergang am Strand unternehmen. Ana überlegte einen Moment, warum es ihm so wichtig war, dass sie heute Abend nicht anwesend war und seine Freunde sie nicht sehen sollten. Ihr fiel nur ein Grund ein: Er war eifersüchtig. Doch das war lächerlich.

Als sie nach einem erholenden Lauf ins Haus ging, roch sie bereits den Grill. Clive hatte ihr den Rücken zugewandt, drehte sich jedoch jetzt zu ihr herum. Als er ihren Aufzug bemerkte - sie hatte sich lediglich ein dünnes Strandkleid, was ihr nur kurz über die Oberschenkel reichte, übergestreift - verhärtete sich sein grimmiger Gesichtsausdruck noch mehr. Sie jedoch ignorierte ihn und ging hinein.

In ihrem Zimmer fischte sie ihr Handy aus ihrer Handtasche und wählte Chantal's Nummer. Die Tatsache, dass

Chantal schwanger war, war immer noch ziemlich neu für sie. Als ihre Schwester schließlich nach dem dritten Klingeln abnahm, hatte Ana beinahe vergessen, dass Clive unter ihr in der Küche hantierte, dass sie in seinem Haus war und sich gegen ihren Willen eigentlich ziemlich wohlfühlte. Beinahe.

"Ana?" Chantal's Stimme quietschte etwas.

"Störe ich dich etwa gerade?" Ana setze sich auf das flauschige Bett, dass ihr bisher mit reichlich Schlaf gedient hatte.

"Nein, nein." Wieder das Quietschen. Ana runzelte die Stirn." Es ist nur so, dass ich einer Freundin gerade helfe, Luftballons für eine Geburtstagsfeier herzurichten. Hellium wäre besser gewesen. Aber für Scoot tue ich es gerne."

"Redest du von Mayas Sohn? Richte beiden schöne Grüße aus! Die habe ich ja schon ewig nicht mehr gesehen."

"Mach ich.", Chantal holte einen kurzen Augenblick Luft. "Du bist also zurück nach San Fran und hast dich bei Maya einquartiert?"

Ana wusste nicht, was sie davon halten sollte. "He ganz so war es nicht. Sie hat mich eingeladen und jetzt organisiere ich mit ihr und ihrer Schwester die Party. Was achtjährige so für Vorstellungen haben! Aber das ganze tut mir gut. Es bringt mich auf andere Gedanken."

"Hast du noch einmal mit Brian gesprochen?"

Eine kurzes Schweigen. "Du meinst nach dem Frühstück zu dem wir uns trafen? Nein. Ich habe ihm Mayas Nummer gegeben. Doch das hat ihn irgendwie wütend gemacht. Er wollte, dass ich mit ihm fahre, raus zur Küste ein paar Tage, doch das konnte ich nicht. Ich hab das Gefühl in seiner Gegenwart nicht atmen zu können, Ana! Er ist, ach ich weiß auch nicht. Er ist so schrecklich präsent. Ich fühle mich ihm so ausgeliefert, auch wenn ich weiß, dass das albern ist." Ana dachte an Clive. Auch sie hatte oft das Gefühl, in seiner Gegenwart nicht atmen zu können.

"Er hat ein Recht zu wissen wie es dir geht. Schließlich ist er der Vater des Kindes. Er sorgt sich um dich."

"Kann sein. Ich...Ich weiß doch auch nicht wie ich damit umgehen soll."

"Oh Darling! Dann habt ihr jetzt also Funkstille?"

"Nicht von ihm aus. Er will mich morgen Abend treffen, mich schick ausführen."

Ana musste sich ein Lächeln verkneifen. Ob aus Chantal und Brian noch einmal ein Paar wurde? So wie sie ihre Schwester von diesem Mann reden hörte, klang das fast danach. Andererseits spielen die Gefühle sicherlich auf beiden Seiten verrückt, da sie wissen, dass ein Kind im Spiel ist. Ein Kind, dass Menschen zueinander finden lassen kann, dachte Ana.

"Lass es zu. Geh hin."

"Ich weiß noch nicht."

"Mach es! Du wirst sehen, es wird dir gut tun! Natürlich brauchst du Abstand, aber auch du solltest ihm auch die Möglichkeit geben, an deinem Leben teil zu haben, jetzt wo er von der Schwangerschaft weiß."

Chantal erwiderte nichts. "Du kannst mir ja schreiben.", fügte Ana noch hinzu.

Nach Beenden des Telefonats sprang Ana unter die Dusche und da sich das Wetter noch nicht abgekühlt hatte, in Shorts und Tanktop. Sie schlüpfte in ihre gepunkteten Flipflops und lief in Richtung Küche. Sie hatte wirklich großen Hunger. Und es roch wirklich gut. Dass Clive sie nicht hier haben wollte, störte sie nicht im Geringsten.

Sie trat durch die Terrassentür und fand Clive neue Holzkohle auf den Grill legend.

"Du machst also Steaks?"

Er wandte sich zu ihr um. Doch sein Blick verfinsterte sich sofort, als er ihr knappes Outfit in Augenschein nahm. Er schmierte sich seine Hände an einem Geschirrtuch ab und ging auf sie zu. Ohne sie richtig anzusehen, oder ihr etwas zu sagen, ihre Frage zu beantworten, deren Antwort ohnehin offensichtlich schien, zerrte er sie kurzerhand, die Treppe hoch in ihr Gästezimmer. Er hatte nicht das Bedürfnis, Ana heute Abend bei seinen Kumpels zu wissen. Noch weniger in diesem schmalen Klamotten. Sie war für ihn reserviert. Punkt. Auch wenn sie das wahrscheinlich anders sah und er sich vielleicht etwas einbildete, dennoch, hatte er Absichten ihr gegenüber. Erotische Fantasien, die ihn überfielen, auch wenn sie in einem Art Hosenanzug im Gerichtssaal auftritt. Und dagegen galt es anzukämpfen.

"Was hast du vor?" Ana versuchte sich mehrmals von ihm loszumachen, doch ohne Erfolg.

Er murmelte nur etwas unverständliches vor sich hin. Schließlich setzte er sie auf ihr Bett und öffnete den einzigen Schrank, den das Zimmer enthielt. Er durchwühlte ihre Kleidung und stöhnte.

"He! Sag mal, bist du übergeschnappt?"

"Wer ist hier übergeschnappt? Zieh dir gefälligst etwas an!"

"Ich habe etwas an.", gab sie zurück. Doch ihr war durchaus bewusst was er meinte.

"Etwas, was nicht soviel Haut zeigt!", knurrte er so dann. Er kam mit einem olivgrünen, langen Strandkleid zurück. Ana hatte sich aufgesetzt. Ihre nackten Beine baumelten über der Bettkante. Als sie sah, was Clive vorhatte, schaltete sie auf stur. "Ich ziehe das nicht an."

Sie rechnete mit einem Lächeln, doch seine Wut war vermutlich schon viel zu fortgeschritten, was Ana mehr als übertrieben fand. "Keine Sorge, dass erledige ich."

Er öffnete das Kleid und schob es ihr über den Kopf, hob dann jeweils einen Arm, die Ana zuvor noch eisern vor der

Brust verschränkte und zog sie durch die offenen Ärmel. Schließlich zog er den Polyester herunter. Seine Finger berührten ihre Haut und sie sog scharf die Luft ein. Er hob sie ein Stück hoch und streifte das Kleid ganz an ihrem Körper entlang. Diese Geste war so intim, dass Ana regelrecht glühte. Ein Schauer lief ihr über den Rücken. Für einen kurzen Moment waren sie sich ganz nah. Sein Gesicht war nur Millimeter entfernt, sodass sie seinen Atem spüren konnte.

Dann war der Augenblick auch schon vorbei. Clive hatte sich aufgerichtet und gab ihr so die Gelegenheit zu Sinnen zu kommen. Ohne noch ein weiteres Wort hinzuzufügen, verließ er den Raum, jedoch ließ er die Tür zufallen. Ana war sich sicher, hätte er einen Schlüssel zur Hand, hätte er sie gerne für den Rest des Abends eingesperrt. Er spielte anderen eben gerne Streiche. Sogar auf Kosten des Gesetzes, wie sie schon erlebt hatte. Doch in diesem Fall, war es lächerlich. Was interessierte ihn, ihre Kleidung? Konnte es sein, dass er wirklich eifersüchtig war? Und sollte sie daraus nicht ihren Nutzen schlagen?

Kurzerhand entschloss sie sich genau das zu tun. Er wollte sie verhüllt wissen. Fern von seinen Freunden. Doch den Gefallen würde sie ihm nicht tun. Kurzerhand befreite sie sich aus dem Kleid und wählte einen kurzen weinroten Rock mit einer schwarzen Knopfreihe auf der Vorderseite und eine schmal geschnittene Bluse. Zufrieden blickte sie in den Spiegel. Oh ja, das sah toll aus. Es zeigte enorm viel Haut, doch darum ging es auch. Sie würde bestimmt nicht nach seiner Pfeife tanzen.

In der Küche hörte sie bereits einige Stimmen. Am langen Terrassentisch saßen eine Reihe Männer in Clive's Alter. Sie hatten Getränke vor sich und aßen Salat, Steak und auch das Spargelgericht und die Pflaumen-Schinkenröllchen standen auf dem Tisch. Es war ein schöner Anblick. Kräftigend. Männer, die richtig zulangten. Ana dachte für einen kurzen Augenblick wieder an ihren Vater. Auch er hatte gut zulangen können.

"He Jungs.", kündigte sie sich schließlich an.

"Oh. Hey Ana!"

"Ana. Hi!", kam es von den verschiedenen Richtungen. Es waren schätzungsweise zehn Personen und Ana bezweifelte, sich alle Namen merken zu können, dennoch wollte sie sich den Spaß vor Clive nicht nehmen. Sie spürte die Blicke der Jungs auf sich, sah dann zu Clive und war zufrieden. Seine Miene war finster. Er hatte die Kiefermuskeln angespannt und sah aus, als ob er sie gleich umbringen wollte. Sie ließ sich nicht davon stören. "Habt ihr noch einen Sitz frei?", fragte sie stattdessen.

Es wurden Stühle gerückt. Einer rückte auf. Offenbar war sie herzlich willkommen, wenn man von einer einzigen Person einmal absah.

Sie griff sich eine der freien Salatschüsseln, die in der Mitte stand und wunderte sich. Hatte er sie etwa doch mit eingeplant oder sich verzählt? Doch dann bemerkte sie, dass ihr Sitznachbar seinen Salat auf dem Fleischteller verfrachtet hatte. Also doch nicht mit eingeplant. Sie zuckte innerlich die Schultern, nahm sich von dem köstlichen Asia- und dem Krautsalat, sowie den Bratwürstchen und genoss es zur Abwechslung mal in einer

Männerrunde zu sitzen. Clive's Anwesenheit, war gewiss ein unangenehmer Faktor, doch sie tat ihr bestes, das zu verdrängen.

Nach einer Weile, sie hatte auch die Schinkenröllchen probiert, stand sie auf. Mehr aus Gewohnheit und Ordnungssinn als aus Höflichkeit räumte sie das benutze Geschirr ab.

"Ich werde euch noch Getränke holen gehen.", ihre Freundlichkeit erstaunte sie selbst, doch da die Jungs jetzt mit ihrem Poker angefangen waren, machte ihr das nichts.

Clive schaute ihr nach. Sein Blick verhärtete sich. Er hörte seine Freunde, wie sie sich gegenseitig über sie ausließen. "Oh man, sie ist echt heiß." Oder "Wahnsinn."

"Clive, warum hast du sie uns nicht eher vorgestellt?"

Er schüttelte nur den Kopf. "Bin gleich wieder da."

In der Küche traf er sie. „Was soll das werden?"

"Keine Ahnung, was du meinst."

"Oh doch.", setzte er nach. "Das weißt du ganz genau."

Ana tat immer noch nicht wissend. "Ist da etwa jemand verärgert?"

"Ich bin nicht verärgert. Ich verstehe nur nicht, was dieser Aufzug soll." Sein Tonfall war sogleich eine Spur lauter. Und sein Anliegen unmissverständlich.

"Ich bin eine Frau."

Er starrte sie an. "Das ist mir sehr wohl bewusst." Sein Blick wurde intensiver. Ana wandte sich ab, sie suchte im Kühlschrank nach den Getränken. Clive war hinter sie getreten und nahm ihr die Flaschen ab, die er auf der Kücheninsel abstellte. Er stützte sich mit den Händen dort und an der Küchentheke ab, genau so, dass er ihr den Weg zur Terrasse versperrte. Die Ärmel hochgekrempelt stand er dicht und bedrohlich vor ihr. Ein Glühen ging von ihm aus. Sie hätte es nicht bemerkt, wenn sie nicht einen Blick in sein Gesicht gewagt hätte.

"Reiz mich nicht."

Ana reckte trotzig ihr Kinn. "Sonst was?"

Er beugte sich zu ihr vor und flüsterte ihr ins Ohr: "Heute Abend."

Mit den Worten drehte er sich um, nahm die Flaschen und gesellte sich wieder zu seinen Jungs. Ana konnte sich denken wo drauf er hinaus wollte. Die Worte 'heute Abend' lösten ein Prickeln in ihr aus. Jenes, das sie gespürt hatte, als er sie im Kaminzimmer an die Wand gedrängt hatte und leidenschaftlich geküsst hatte. Doch sie würde sich ihm nicht hingeben. Nicht noch einmal. Sie war eine Woche hier. Davon waren nur noch ein paar Tage übrig und die würde sie als Urlaub nutzen. Nichts anderes käme für sie in Frage.

Sie fand eine Schale Cashewkerne auf der Kücheninsel und nahm sie zusammen mit den zwei übrigen Flaschen Bier hinaus auf die Terrasse. Wollte sie ihm doch aus dem Weg gehen, den Gefallen, ihn und seine Freunde in Ruhe zu lassen, würde sie ihm nicht tun.

"He Ana, Clive meinte du seist sozusagen ein Kalifornien-Neuling?", wurde sogleich eine Frage an sie gerichtet, als man sie bemerkte.

Ana setzte sich wieder zwischen Simon und Samuel und stellte den Küchenbedarf in die Mitte. Sie sah wie Clive eine Karte aus seiner Hand auf den Stapel pfefferte. Man hatte ihr angeboten mitzuspielen und vielleicht hätte sie es auch in Erwähnung gezogen, doch das letzte Kartenspiel warf bittere Erinnerungen in ihr wach. Zudem glaubte sie Poker nicht gewachsen zu sein. Sie wandte sich an ihren Fragesteller.

"Na ja, ich war zwar des öfteren in L.A., bin auch schon mal über die Golden Gate gelaufen. Aber ansonsten kenne ich nicht wirklich viel vom sonnigen Bundesstaat."

Jackson grinste sie dümmlich an.

"Trifft sich gut. Ich kann dir etwas von der Umgebung zeigen"

Ana fühlte sich geschmeichelt. Jackson war ihr sympathisch, wie die anderen Jungs auch, weshalb es ja so verwunderlich war, dass es Freunde von Clive waren.

Sie beschloss das Gespräch in Gang zu halten. "Und was sagt deine Frau dazu?"

Tyler lachte schallend. "Der war gut. Jackson und Familie!"

Ana spürte Clive's Blick auf sich. Er sah aus, als wenn er jede Minute zerspringen könnte.

"Neuer Einsatz. Ich erhöhe um 300." Simon warf ein paar Scheine in die Mitte. Es ging weiter. So wie Ana es mitbekam, erhöhte jeder seinen Einsatz. Sie hatte noch nie ein Pokerspiel beigewohnt, bei dem es um echtes Geld ging. Wahrlich mussten hier in der Runde echte Kenner sitzen.

"Ich bin ledig.", wandte Jackson sich wieder an Ana.

"Dauer-Single meinst du wohl.", berichtigte ihn Brody.

"He lieber Single, als in Ketten.", kam es von Ana's Linken. Sie hatte sich nicht gleich alle Namen merken können.

„Nicht in Ketten. Liebe nennt man das. Doch da werdet ihr schon auch noch hinterkommen.", grinste Mick.

"Wie lange wirst du Clive denn beehren?", fragte er an Ana gewandt.

"Noch fünf Tage.", war ihre direkte Antwort. Die Jungs sahen zu ihm hinüber.

"Sie zählt schon die Tage. Kein gutes Zeichen."

Clive ignorierte die Anspielung. Lediglich ein weiterer verfinsterter Blick in Ana's Richtung folgte. "Also,", meinte Jackson. "Da ich jetzt wie du weißt nicht 'in Ketten' stecke - darf ich dir morgen ein wenig Kalifornien zeigen?"

Die Gruppe kommentierte sogleich. "Oho! Flirt-versuch. Versuchst du Owen etwa die Frau streitig zu machen, Jackson?"

"Sie hat morgen schon etwas vor.", kam es von Seiten des Gastgebers.

Ana sah zu Clive hinüber. Doch seine Miene war unergründlich.

'Heute Abend', 'Morgen' - Clive bildete sich ganz schön was ein.

"Tatsächlich?", fragte Jackson.

"Weißt du...", begann Ana, "ich kann meine Pläne auch verschieben." Es machte ihr wirklich Spaß Clive zu ärgern.

"So? Und wovon hängt die Entscheidung ab?"

Sie wagte einen kurzen Blick zu Clive. Sollte sie es noch weiter auf die Spitze treiben? Sie beschloss ja. "Das hängt vom weiteren Verlauf des Abends ab."

Ein Raunen ertönte. "Ihr Frauen wisst wirklich, wie ihr Männer hinhaltet.", warf Samuel ein.

"Sprichst du aus Erfahrung?", hakte Ana nach. Sie nahm einen Schluck ihres Orangensaftes, den sie wundersamer Weise auf den Tisch gefunden hatte, und sah zu Samuel herüber.

"Meine Frau hat mir befohlen um zwei zuhause zu sein und ich kann mir auch nichts schöneres vorstellen. Jetzt wo wir ein Kind erwarten."

Einige der Männer seufzten. Sie wollten gerade heute, bei ihrem Pokerabend nichts davon wissen.

„Oh, wie schön." Ana freute sich wirklich für Clive's Freund. Sie dachte an Chantal und daran, dass sie auch bald Familienzuwachs bekommen würden.

Clive war ihre ergriffene Miene nicht entgangen. Er hatte nicht erwartet, dass sie sich soviel aus Familie machte. Andererseits, gab es da diese Kids-Fashion-Show und das emotionale Gespräch, das er im Garten seines Hotels belauscht hatte. Hinzu kam, dass sie eine Frau war und damit geradezu prädestiniert für das Thema Familie.

Sie war so überaus feminin, so sehr Frau und die Art wie sie ihn triumphierend anlächelte machte ihn rasend vor Verlangen. Er hatte sie in ein Kleid gesteckt, das verdammt nochmal länger war, als das knappe Outfit, das sie jetzt trug. Dass sie sich ihm widersetzt hatte, störte ihn gewaltig. Er wollte sie für sich alleine, um das Angefangene nicht nur zu beenden. Er wollte es fortsetzen.

Als der Abend sich langsam dem Ende neigte, es war dunkel geworden, Clive hatte Laternen und die Terrassenbeleuchtung eingeschaltet, stritten die Jungs sich belustigt um ihre Siege beim Kartenspiel, während sie sich nach und nach verabschiedeten. Wie kleine Kinder, dachte Ana. Schließlich versuchte es Jackson noch einmal bei ihr. "Und Ana, wie sieht es nun mit einem Ausflug aus?" Sie lächelte ihn an und weil sie spürte, dass Clive hinter ihr in der Tür stand, fügte sie hinzu: "Du kannst mir ja deine Telefonnummer hinterlassen." Etwas leiser ergänzte sie: „Ich werde sie einer Freundin geben, die ich auf der Hochzeit meiner Mom kennen gelernt habe. Sie heißt Heather und wird sich bestimmt freuen."
Jackson machte kurz ein enttäuschtes Gesicht.
Ana fand es besser ehrlich zu sein. Sie hatte nicht vor mit ihm auszugehen.
Heather dagegen vielleicht schon. Sie war eine Frau, die gut mit Verantwortung umgehen konnte und sie

machte offenbar häufiger haufenweise Pläne. In so fern würde sie sicherlich zu ihm passen. Ana schüttelte den Kopf, da sie sich an Sam erinnert fühlte.

Dann fiel die Tür ins Schloss und sie war wieder mit Clive alleine. Zeit ihm aus dem Weg zu gehen.
"Weißt du, du hast mich jetzt lange genug auf die Folter gespannt." Er verschränkte die Arme und lehnte sich an einen der Sessel im Wohnzimmer. Ana räumte die letzten Gläser in die Küche. Sie hatte gehofft, er wäre schlafen gegangen. "Ich weiß nicht, was du meinst."
Sie wollte an ihm vorbei hinauf gehen. Der Tag war lang genug. Doch das wichtigste war, nicht noch einmal bei ihm schwach zu werden. Das könnte sie sich nicht verzeihen.
"Du bist es mir schuldig. Nachdem was du dir heute Abend geleistet hast!"
Ana starrte ihn offen ins Gesicht.
"Ich wüsste nicht, dass ich mich unaufrichtig verhalten habe. Deine Freunde waren mir jedenfalls sehr sympathisch. Eine lustige Truppe.", bemerkte sie.

Clive lachte. "So lustig, dass du mit einen von ihnen fast ausgegangen wärst?"

Seine Frage war mehr eine Beobachtung. Er hatte mitbekommen, dass sie davon sprach, die Nummer weiterzugeben. Das hatte ihn amüsiert.

"Und wenn schon. Was kümmert dich das?"

Ana sagte das weniger aus Absicht, als um Clive zu ärgern.

„Eine ganze Menge.", erwiderte er beinahe flüsternd, während er auf sie zusteuerte und sie anstarrte. Dicht vor ihr aufgebaut, strotzte er nur so vor Männlichkeit und Überlegenheit. In seinen Augen sah sie, wie er sich amüsierte, doch seine Mundwinkel verrieten nichts von alldem. Langsam machte er sie nervös. Warum kam ihr dieser Mann nur immer so nah?

"Was?"

"Ich frage mich nur,", setzte er an, "wie viel Mühe es dich kostet, dich zurückzuhalten."

"Bitte?" Ana war viel zu sehr schockiert und verlegen, um ihm etwas zu entgegnen. Es war ihr unangenehm, dass er sie durchschaute. Gleichzeitig machte es sie wütend, sich von ihm angezogen zu fühlen. Clive war nicht nur arrogant, nein er trat auch sehr maskulin und gebieterisch auf. Dass er dabei noch viel zu gut aussah, erleichterte die Sache nicht gerade.

Obendrein fand sie es lächerlich, in welche Situationen, sie immer wieder in seiner Gegenwart geriet.

"Wir können hier anfangen und uns dann langsam nach oben hocharbeiten."

Er klang völlig ernst, auch wenn seine Stimme rau, tief und irgendwie auch erotisch durchschimmerte. Das reichte, damit Ana die Sprache wiederfand.

"Deine Selbstverliebtheit widert mich an." Sie fügte nicht hinzu, dass sie seine Überheblichkeit bis zu einem gewissen Grad auch schätzte und bewunderte. Das hier war Clive. Sie musste ihm Einhalt gebieten.

"Ach ja?", fragte er, während er sein Kopf langsam zu ihr beugte.

Ana war zu verwirrt, um sich zu regen. Zu viele Gefühle schossen gleichzeitig auf sie ein, als dass sie eines hätte benennen können. Sie wusste nur, sie war unfähig sich zu bewegen.

Schließlich küsste Clive sie und Ana ließ es geschehen.

Es war ein sanfter, unglaublich zärtlicher Kuss, ganz anders als an jenem Abend im Beverly Hills Hotel. Und er war umso kürzer. Als Clive sich von ihr löste, blickten sie einander an. Überwältigt, intensiv und voller Erregung. Ein Blick von tiefer Berührung, die beiden nicht entging. Es dauerte nicht lange und ihre Lippen fanden sich wieder.

Diesmal länger. Danach sagte keiner etwas. Viel zu intensiv der Moment. Viel zu kostbar. Sekunden verstrichen. Ein Blick zwischen beiden. Ein Blick für die Ewigkeit. Schließlich zeichnete sich ein Grinsen auf Clive's Gesicht ab, was Ana gleich zurück in die Realität katapultierte. "Fängt ja schon mal verheißungsvoll an, findest du nicht?"

Ana wurde gegen ihren Willen rot, was sie nur noch wütender machte. Seine Worte klangen überheblich und sarkastisch zugleich. Eine Mischung, die sie bei ihm langsam gewohnt sein müsste. Wie konnte ein Mann wie er nur so küssen? Und wie konnte sie sich nur darauf einlassen? Sie funkelte ihn nur an, sagte aber nichts, was mehr daran lag, dass Gefühle wild durcheinander wirbelten, als dass sie ihn mit Gleichgültigkeit bestrafen wollte. Mit einer raschen Bewegung zur Seite, wich sie ihm geschickt aus und brachte sich so in einem gefahrlosen Sicherheitsabstand zu ihm. Clive beobachtete sie scharf und irgendwie auch zynisch. Seine Körperhaltung war unverändert. Ana atmete tief durch. Jetzt war eine gute Gelegenheit schlafen zu gehen. Allein. In dem französischen Gästezimmer, das wie ein Hotelzimmer für sie sein sollte, jedoch weitaus mehr Inspiration bot. Ihre Brust hob und senkte sich rasant. Noch immer war die Aufregung unfassbar deutlich zu spüren. Er trat auf sie zu. Entschlossen. Unbeirrbar. Um "es" fertig zu bringen? Um sie erneut zu küssen? Was würde sie tun? Wie sollte sie reagieren? Noch ehe sie einen klaren Gedanken fassen konnte, bemerkte Ana, wie er sich nicht ihr zuwandte, sondern dem Spülbecken neben ihr. Er hatte den Hahn aufgedreht und spritzte sich jetzt Wasser ins Gesicht. Wie gut er doch aussah. Alles andere als protzig. Und doch verhielt er sich oft genauso.

"Ich...äh, gehe dann mal schlafen." Wo war ihre Schlagfertigkeit geblieben?

Er sah sie an, Wasser tropfte von seinem Gesicht. "Du willst dich also einfach so aus der Affäre ziehen?" Seine Worte sollten männlich und flirtend klingen. Stattdessen bewirkte das Wort 'Affäre' eine Verlegenheit, die beide jetzt deutlich spürten.

"Ich...also dann." Ana drehte sich um und stieg die Treppe hinauf.

"Du solltest wirklich wissen, wie diese Taktik auf Männer wirkt.", setzte Clive nach. Er folgte ihr zwar, ließ aber Abstand zwischen ihnen.

"Ich habe lange genug das Vergnügen
Ihre Bekanntschaft zu machen,
um zu wissen, dass Sie gelegentlich
Meinungen äußern,
die Sie in Wirklichkeit gar nicht
vertreten."

Mr. Darcy, Stolz und Vorurteil,
Jane Austen

No Words.

29

Im Obergeschoss nahm er ihre Hand und
beförderte sie mit dieser sanften Geste in
sein Schlafzimmer. Er küsste sie wieder.
Ganz so, als ob er sie hier auf der Stelle
erobern wollte. Und das wollte er
tatsächlich. Ana für ihren Teil konnte
nicht sagen, was sie wollte, sie spürte
nur diesen tiefen Sog, diesen Drang,
nach seiner Haut, seinen Lippen, nach
ihm. Sie streiften sich die Klamotten
vom Leib und sahen wieder einander an.
Jener Blick, der sich tief in ihr

Unterbewusstsein graben sollte. Beide wussten, dass es der richtige Zeitpunkt war. Freude, Verlangen, Verlegenheit und Bewunderung des Gegenübers standen im Raum. Sie gingen aufeinander zu und berührten sich.

Sie liebten einander. Es waren Augenblicke der Liebreizes. Innig und Gefühlvoll. Jedes Gefühl, was jemals zwischen Ihnen stand, war mitten drin, wurde getragen von beiden.

Zwischendurch hielten sie immer wieder inne und sahen einander an. Sie sahen sich und konnten nicht genug voneinander bekommen. Ihre Sinne waren geschärft und in jenem Moment, hätte sie beide wohl alles für den jeweils anderen getan.

Ein Fest der Liebe, dessen Liebenden sich völlig hingaben. Völlig. Ganz. Ohne etwas zurückzuhalten, gaben sie sich und wurden gegenseitig beschenkt.

Verschlungen in den Laken schliefen sie schließlich in den frühen Morgenstunden dicht beieinander ein. Glückseligkeit lag in der Luft.

Doch auch wenn ihre Herzen es wussten, ahnte ihr Verstand es noch lange nicht. Er küsste sogar die kleine Schramme hoch oben an ihrem Oberschenkel, die sie sich in Florentines Bad zugezogen hatte. Es war derart intim, dass Ana ein wenig verlegen wurde.

Das Erwachen am nächsten Morgen verbarg die geteilte Intimität der beiden Liebenden nicht im geringsten und eine ganz eigene Vertrautheit stellte sich ein. Ana lag quer, ihre Beine mit Clive verschlugen in seinem Bett, als sie die Augen aufschlug. Sie blinzelte. Das helle Sonnenlicht drang herein und wollte genossen werden. Sie war erst spät in der letzten Nacht eingeschlafen, hatte lange wach gelegen und war jede Berührung noch einmal im Geiste durch gegangen. Dann war sie mit einem Lächeln auf den Lippen eingeschlafen, Clive's Arm um ihren Körper. Seine Wärme dicht an ihr. Es hatte ihr gefallen. Es hatte ihr nicht nur gefallen - oh, sie hatte es genossen. Sie spürte, wie Clive's Hand jetzt noch in ihrem Haar lag. Ihr eigenes Lächeln, ihr Inneres, das ihr zu verstehen gab, dass gerade alles richtig war, fühlte sich gut an, so neu und brachte gleichzeitig eine Angst mit sich, die sie nicht näher beschreiben konnte.

Kurzerhand löste sie sich aus seiner Umarmung und beschloss ein wenig Nachdenken würde ihr gut tun.

Der Strand und ich sind Verliebte,
bald trennt uns der Wind,
bald vereint er uns.

aus 'Lied der Wellen'
Khalil Gibran

*Hast du dich manchmal gefragt, ob alles
richtig war, Dad? Reflektiert über dein
Leben? Über ein bestimmtes Ereignis?
Zu welchem Schluss bist du gelangt?
Ich für meinen Teil, bin unfähig einen
Schluss zu ziehen.
Denn wie sollte er auch aussehen?*

30

Das Wasser war klar. Ein seidiges blau,
das in der Sonne schimmerte wie die
Summe feiner Kristalle. Surfer wateten
mit ihren Brettern ans Ufer. Die Wellen
waren zurückgegangen. Eine leichte,
kaum merkliche Brise fegte sanft über
den Strand. Ana spürte den warmen,
weichen Sand unter ihren nackten
Füßen. Sie wanderte umher und blickte

auf das Meer hinaus. Zu dem Punkt, wo der azurfarbene Himmel das Wasser streifte und alles andere so unendlich weit schien. Ihre Gedanken schweiften zu Clive. Sie hatte mit ihm geschlafen. Es war unendlich schön gewesen. Und das machte ihr Angst.

Sie setzte sich in den Sand und sah ein paar Jugendlichen dabei zu, wie sie ihre Decken ausbreiteten und sich darauf warfen. Leise Pop-Musik drang zu ihr herüber. Ana winkelte die Knie an und stütze die Ellbogen darauf. Hatte sie gerade einen großen Fehler gemacht?

Sich dem Mann hinzugeben, der sie bisher schon so durcheinander gebracht hatte, konnte doch nicht gut sein, oder?

Ana seufzte. Selten war sie so zwiespältig mit sich selbst.

Sie saß noch eine ganze Weile so da. Dachte über sich, das Leben und ihr abstruses Verhältnis zu Clive nach.

Er könnte es sein. Der vertraute Klang ihres Vaters schoss ihr durch den Kopf. Wie immer war sie ziemlich verblüfft, ihn zu spüren. Diese Nähe, die ihr als Kind so natürlich schien. Dann war der Moment vorbei und sie bemerkte aus den Augenwinkeln, wie ein Paar mittleren Alters Hand in Hand an ihr vorbei lief.

Ana richtete ihren Blick wieder auf das Meer. Wasser, das gefährliche Tiefe barg. Das so schön einladend und glitzernd aussah, aber dennoch unvorhersehbare Risiken bereithalten konnte. Wasser, das meinen Dad verschluckt hat, dachte sie bitter.

Sie schloss die Augen.

'Wenn die Liebe dir winkt, folge ihr.', hieß es in einem bekannten Zitat von Khalil Gibran.

Das Buch ihres Dad mit seinen Randnotizen hatte einen hohen Stellenwert in ihrem Leben eingenommen. Wieder und wieder hatte sie einige Texte gelesen.

Jetzt schien es ihr, als würde er ihr selbst daraus vorlesen. Seine Stimme war klar, ganz so, als wäre er hier. Und er schien sie zu bekräftigen. Doch das waren reine Fantasiegebilde. Und selbst wenn. Wie konnte ihr Dad wissen, wer gut für sie war? Und sie wusste sicher, dass Clive kein Mann war, der ihr gut tat. Er war einer, der Frauen verletzte. Sie wusste es intuitiv. Und doch hatte sie sich auf ihn eingelassen. Sie konnte es immer noch nicht begreifen. Ein leises Lächeln schmierte sich in ihr Gesicht. Es war so schön gewesen. So unendlich schön. Konnte es war sein? Sieht so etwa Liebe aus?

"Meine Gedanken waren angenehmer
beschäftigt.
Ich habe über das Vergnügen
nachgedacht,
dass zwei schöne Augen in dem Gesicht
einer hübschen Frau
in einem hervorrufen können."

Mr. Darcy, Stolz und Vorurteil,
Jane Austen

*Der Küstenabschnitt ist herrlich und ich
ärgere mich ein wenig, dass ich so
verlegen bin, es nicht voll auskosten zu
können.
Wann komme ich jemals wieder hierher?
Und warum bringt dieser Mann mich
nur zu so einem schönen Ort?*

31

Etwas später an jenem Morgen, Ana
hatte bereits geduscht und einen Kaffee
getrunken, kam Hoi Min in den Garten
geeilt. Sie hatte sich eine der Liegestühle
auf die Rasenfläche gestellt und war

ganz in ihr Zeichnen versunken, auch wenn sie sich nicht wirklich darauf konzentrieren konnte. "Miss Susuki, Clive möchte abfahren."

Ana hatte geahnt, dass Clive seine angekündigte Unternehmung umsetzen würde. Er war jemand der sein Wort hielt. Nach einer gemeinsamen Nacht, die sie um jeden Preis vermeiden wollte, hatte sie reichlich Unbehagen mit ihm irgendetwas zu unternehmen. Der Gedanke ans Abreisen war ihr wiederholt gekommen, doch sie wollte nicht wie jemand dastehen, als könnte sie eine Sache nicht durchstehen oder als wäre sie eine schlechte Verliererin oder schlimmer noch, als hätte der Sex mit ihm ihr Angst gemacht. Er sollte nicht wissen, dass es ihr so sehr gefallen hatte, dass es sie schockierte. Überhaupt wollte sie mit ihm nicht über die letzte Nacht reden.

Sie hatte Clive heute morgen noch nicht gesehen. Nach dem sie vom Strand wieder in ihr Zimmer geschlüpft war, hatte sie durch die offene Tür bemerkt, dass sein Zimmer leer war. Einerseits war sie darüber erleichtert, ihm nicht ausgeliefert zu sein. Andererseits aber, musste sie zugeben, dass sie ein klein wenig neugierig war, wo er sich herumtrieb.

"Abfahren? Wohin denn?", wandte sie sich jetzt an Hoi Min.

"Ja. Er steht auf dem Parkplatz. Ach und Sie sollen ihren Bikini nicht vergessen."

Ana erkannte, dass Clive offenbar das offene Gespräch mit ihr aus dem Weg ging und Hoi Min vorschickte. Warum nur wollte er mit ihr einen Ausflug machen?

Wollte er sich selbst etwas beweisen? Ihr? Seinen Freunden?

Sie überlegte, ob das eine gute Idee wäre. Und schließlich fand sie es gar nicht so verkehrt etwas herauszukommen. Clive's Haus war wundervoll, sein Garten prächtig, doch eine andere Umgebung würde ihr gut tun. Seine Gesellschaft dabei, würde das nicht verhindern können, oder?

Sie packte Badeutensilien ein, zog sich ein buntes Wickelkleid an und setzte sich schließlich mit ihrer Tasche zu Clive in den Wagen. Er fuhr sofort los. Ein kurzer Blick in ihrer Richtung, den sie absichtlich vermied, war alles. Die gesamte Autofahrt, es waren gute zwei

Stunden, verlief überwiegend schweigend. Es ärgerte Ana, dass sie so verlegen war, und dumm war genug, sich nach vorne zu setzen. Das einzige, was Clive äußerte, war, dass sie zum Big Sur fahren würden. Und an der Stelle lebte das Gespräch etwas auf. Ana hatte von der tollen Gebirgskette zwischen Los Angeles und San Francisco im Reiseführer gelesen und die Bilder bestaunt. Jetzt dorthin zu fahren, freute sie sehr.

Sie hatte ihre Tasche, Clive hatte lediglich ein Picknickkorb dabei, um die Schulter gehängt und gingen jetzt auf die steile Klippe zu. Bereits von hier aus genoss man das wundervolle Panorama auf den Pazifik. Das Getöse der Wellen, die Flugenten, ein Naturschauspiel, das Ana mächtig beeindruckte. Einige hundert Meter vom steilsten Punkt entfernt, suchten sie sich ein sonniges Fleckchen zwischen Grashalmen und machten es sich bequem. Von hier aus hatten sie eine hervorragende Sicht.
Sie schauten auf das Wasser unter ihnen hinab und schwiegen einen Augenblick. Es war behaglich, ging es Ana durch den

Kopf. Und das obwohl, oder gerade weil sie miteinander geschlafen hatten?

"Und irgendwelche Pläne für die Zukunft?"

Seine Frage kam völlig unerwartet und anders als sonst, klang seine Stimme so, als meinte er es ernst, was sie ein bisschen durcheinander brachte.

Sie dachte einen Augenblick nach.

"Ich würde gerne ein Kind adoptieren." Ihr Herz hatte einfach geantwortet. Nicht, dass sie Geheimnisse vor ihm haben musste, dennoch war dies doch sehr privat. War das etwa die weitere Grenze, die ihr Sex durchbrochen hatte?

Clive sah sie an. "Was ist mit eigenen Kindern? Nie darüber nachgedacht?"

Ana veränderte ihre Sitzhaltung, sodass sie ihre Beine lang machte und den Becher zwischen ihren Knien balancierte. Wieso fragte er das nur?

"Du weißt schon. Das übliche. Der richtige Mann fehlt. Er muss schließlich auch Kinder wollen." Sein eindringlicher Blick war ihr unangenehm. Sie hatte keine Ahnung was er dachte und das verunsicherte sie. "Was ist mit dir?" Sie hielt inne. "Willst du Kinder, Familie?"

Clive's Blick glitt wieder zum Meer hinab. "Ich weiß nicht. Ich glaube ich bin nicht so der Vater-Typ."

Ana sah ihn an, sagte aber nichts. Gut, Clive war ein echter Charmeur, was Frauen anging. Doch heute hatte sie ziemlichen Spaß mit ihm gehabt. Sie dachte an die Kinderzeichnung in seiner Küche. So gefühlskalt wie er manchmal tat war er anscheinend gar nicht und doch umgaben ihn so viele undurchsichtige Seiten. Sie nahm sich noch von den Erdbeeren. Der Geschmack nach purem Sommer. Wie herrlich! Allein die Luft lud zum Träumen ein.

"Ich glaube nicht, dass du...",

"Was?", unterbrach er sie, wandte sich wieder ihr zu und sah sie erwartungsvoll an.

"Ach vergiss es."

Er erwiderte nichts. Und da Ana die Situation unangenehm war, kramte sie in ihrer Handtasche, holte ihren Lesestoff hervor und lehnte sich zurück.

Sie hatte sich verschiedene Ausgaben von Modezeitungen, aber auch ein Kulturmagazin, sowie das Buch ihres Dads, eingepackt.

"Irgendetwas für männliche Leser dabei?", kam es von der Seite.

Sie schmunzelte. "Also FHM oder Playboy habe ich nicht dabei, falls du das meinst."

"Tja, das ist wirklich ein Jammer. Wo ich doch jene Blätter besonders gern lese."

"Lesen, ja?"

Clive grinste sie nur frech an. Er sah zum knutschen aus, ging es ihr durch den Kopf.

"Männer wie du interpretieren da viel zu viel hinein."

"Ach ja?" Er hatte sein Blick nicht von ihr abgewandt und langsam wurde sie nervös.

"Allerdings."

"Mmhm. Wenn du das sagst, solltest du vielleicht wissen, dass ein Bild mir ganz besonders gut gefallen hat. Es wurde vor langer Zeit gedruckt. Und es hatte einen Ehrenplatz in meinem Spind."

Ana's Wangen färbten sich, sie konnte es spüren. Obwohl er nicht ihren Namen genannt hatte, war es doch offensichtlich, dass er von ihr sprach.

"Das bestätigt nur, dass du, wie viele andere Männer die Verkaufsstatistiken hoch hältst."

"Und dass Männer wie ich, wissen was uns gefällt."

Sie zog die Beine wieder an sich. "Wie auch immer. Das ist lange her."

"Also ich entsinne mich noch gut. Obwohl mir das aktuelle Foto auch gefällt. Besonders..."

Doch hier war es Ana, die ihn stoppen musste.

Abrupt wechselte sie das Thema und fing ein unverfängliches Gespräch über Hoi Min an.

Das schien auch einige Minuten zu funktionieren, bis Clive sich direkt an sie wandte. Er machte keinen Ausflug mit ihr, um über seinen Gärtner zu reden.

"Du hast doch keine Höhenangst, oder?"

"Was?" Ana blickte verwirrt auf. Offenbar hatte sie ein wenig geschlafen.

Clive freute sich offenbar an mehr Action. Er war schon aufgestanden.

"Ich dachte, wo wir schon ein mal hier sind, solltest du dir die Bucht näher ansehen."

Ana sah ihn verduzt an. Sie hatte keine Höhenangst. Zumindest nicht, dass sie wüsste. Doch sich auf irgendein waghalsiges Abenteuer einzulassen, hatte sie nicht vor.

"Was tust du da?", jetzt setzte sie sich auch auf.

"Ich lade die Sachen ins Auto."

"Es ist doch noch Nachmittag.", Ana verstand nicht, was er meinte.

"Ich weiß. Ich bin der Meinung, wir schlagen hier unsere Zelte ab und springen ins Wasser. Vertrau mir, ich habe das schon öfter gemacht und es ist ein echtes Vergnügen." In der Tat war er des öfteren in seiner Jugend mit Mick un den anderen hier gewesen. Erinnerungen, an die er gerne dachte.

Ana schaute ihn ungläubig an.

Als er ihre unschlüssige Miene sah, fügte er hinzu „du kannst mir auch zu schauen. Wie du willst. Komm, ich zeige es dir."

Schließlich ließ sie sich von ihm überreden, von einer kleinen Erhöhung, es waren geschätzte drei Meter, doch sie fühlten sich wie zehn Meter an, zusammen mit ihm zuspringen. Sie legten ihre Klamotten, bis auf die Badekleidung ab. Ana hatte ihre zuvor hinter Clive's Wagen übergestreift. Obwohl er sie bereits nackt gesehen

hatte, war es ihr unangenehm, sich vor
ihm umzuziehen. Er schien das nicht zu
bemerken, denn er war in dem Moment
mit dem Einladen beschäftigt gewesen
und doch meinte sie ihn einmal grinsen
gesehen zu haben. Ganz so, als ob er sie
genau hinter sein Wagen gehend gesehen
hat.

Jetzt atmete Ana tief durch. Das Wasser
unter ihr schien schon ein wenig tief und
weit entfernt. Clive drängte sie nicht,
was sie sehr schätzte. Doch sie hatte sich
entschieden.

Und wieder, wie letzte Nacht, nahm er
ihre Hand, sie nahmen zusammen etwas
Anlauf und sprangen ins Wasser. Ein
sanfter Aufprall, nah beieinander. Beide
holten Luft. Die Gesichter in Erregung.

Einem Impuls folgend berührten sich
ihre Körper. Es war anders. Es war neu.
Und es war schön. Und doch war die
junge Vertrautheit zwischen ihnen ein
wenig befremdlich.

Sie berührten sich. Langsam und
vorsichtig. So behutsam, als wären sie
beide ein gemeinsames Fabrikat frisch
produziert in einer Manufaktur. Keiner
schien zu wollen, dass etwas zerbricht.

Erst als es schon dunkel war, glitten sie aus dem Wasser. Clive schaltete das Wagenlicht ein und sie zogen sich ihre Klamotten über. Keiner sagte etwas.

Während der Rückfahrt schlief Ana ein. Ihr Gesicht beschlich ein Lächeln, was auf einen glücklichen Traum schließen mochte und Clive seinerseits ein Lächeln entlockte.

Clive lenkte den Wagen die schmale Teerstraße hinauf. Jetzt im Dunkeln verirrten sich nur wenige Touristen hierher. Auch wenn die Sicht zu der Zeit doch am besten war. Der Weg war reichlich steil und kurvig, sodass Clive das Tempo stark drosselte. Das Licht, dass die Scheinwerfer seines Astons ihm spendeten, reichte nur ein paar Meter weit und so bahnte er sich Stück für Stück den Weg durch die Finsternis. Nach einer Weile erreichte er die Erhöhung, die Straße wurde ebenmäßiger und er steuerte den Wagen auf einen der Parkplätze. Clive schaltete den Motor ab und blickte zu Ana. Sie schlief noch immer. Sollte er sie wecken? Er beugte sich zu ihr hinüber und strich ihr eine Haarsträhne aus dem Gesicht. Sie sah friedlich aus und wunderschön. Unruhig bewegte sie den Kopf zur Seite, sodass sie seine Hand zwischen ihrer Wange und der Kopflehne klemmte. Ihre Haute hatte etwas unglaublich zartes. "Ana?" Er betrachtete ihre vollen Lippen. So einladend. Einen Spalt weit geöffnet. Verdammt. Er wollte sie jetzt küssen. Wie er es schon einmal getan hatte. Und nie wieder aufhören. Nach einer Weile öffnete sie langsam die Augen und blinzelte. Sie musste die Hand an ihrer Wange gespürt haben, denn sie drehte sich langsam zu Clive um.

"He. Ihre Stimme klang müde und verschlafen und richtig sexy.", fand Clive.

"He." Nur ungern zog Clive seine Hand weg. "Ich bin wohl eingeschlafen." Sie lächelte verlegen.

"Allerdings." Sie schwiegen eine Weile.

"Komm mit, ich will dir etwas zeigen." Clive machte sich daran, den Sicherheitsgurt zu lösen. "Wo sind wir überhaupt?", fragte sie.

"Wart´s ab. Ana machte sich ihrerseits von dem Gurt los und stieg wie er aus dem Wagen. Ihre Augen brauchten einen Moment bis sie sich an die Dunkelheit gewöhnten. Sie trat einen Schritt vor und ließ die unzähligen Lichter auf sich wirken.

"Das ist wirklich beeindruckend!"

Clive trat neben sie. "Ich war früher oft hier. Mal mit den Jungs, mal allein. Ein guter Ort um nachzudenken."

Hier war er hergekommen, wenn er an seine Mom dachte, an das Leben bevor sie gegangen war. Obwohl er sich fast nicht daran erinnere konnte, hatte Clive das Gefühl ihr hier näher zu sein, als sonst wo.

Ana wandte sich ihm zu. Und obwohl die Dunkelheit nur spärlich ihre Körper preisgab, nahm er ihren Blick deutlich wahr.

"Ich habe dich hierher gebracht, weil ich diesen Ort sehr mag. Jedes Mal passiert etwas, das man als Wunder bezeichnet, hier oben. Dieser Ort hat seinen eigenen Zauber. Es ist verrückt, aber es verändert. Man sollte nicht zu oft hier hoch kommen, wenn man damit nicht klar kommt."

"Ein wundersamer Ort?"

"Jep."

"Und was passiert heute Nacht hier wundervolles?"

"Das liegt wohl ganz im Moment."
Stille lag zwischen ihnen.
Dann beugte er sich vor und küsste sie lang und ausgiebig.

Später in dieser Nacht lag Ana in ihrem Bett und dachte über die Ereignisse des Tages nach. So viel ging ihr durch den Kopf. Es war irre schön gewesen. Und sie hatte gefühlt, dass es Clive ebenso ergangen war. Als er den Wagen abstellte und ihr die Tür aufhielt, war die Verlegenheit wieder zwischen sie beide getreten. Er hatte sie sich selbst überlassen, wofür sie ihm sehr dankbar war. Sie wollte, sie musste über alles genau nachdenken.
Es hatte sich etwas verändert. Das spürte sie.

"Ich wusste gar nicht, dass Sie
Charakterstudien betreiben.
Das ist doch sicher unterhaltsam?"
"Ja. Am interessantesten sind die
kompliziertesten Charaktere.
Den Vorteil wenigstens haben sie."

Elizabeth Bennet, Stolz und Vorurteil,
Jane Austen

*Ich wundere mich jeden Tag mehr über
diesen Mann. Es gibt soviel
unentdecktes an ihm, womit ich nie
gerechnet hätte. Er ist für sich
genommen ein Wunder,
das weiß ich bereits.*

32

"Ocean 101! Wo steckst du? Over.", rief
eine freche kleine Mädchenstimme, die
auf den Namen Madison hörte.
"Ach Darling, lass nur, vielleicht ist er
beschäftigt. Und der unangekündigte
Besuch war Unsinn. Clive ist doch
Single."

Ana hörte die Stimmen vom Gästezimmer aus. Unerwarteter Besuch? Wer konnte das sein?

Und vor allen Dingen wer war Ocean101?

"He, da bist du ja." Clive musste dazu gestoßen sein.

"Du hast dein Walkie Talkie gar nicht bei dir - Ocean101."

Clive kratzte sich verräterisch am Kopf.

"Der Akku war leer."

"Daddy hat gesagt, du bist Single, daher können wir dich besuchen."

Selbst Ana musste auf dem Treppenabsatz schmunzeln. Sie glaubte den Besuch als Jane und Dan mit Madison und Finn zu wissen, von denen Clive ihr am Strand erzählt hatte.

"So?" Clive hob einen amüsierten Blick in Dan's Richtung, der nur abwehrend die Hand hob.

"Was machst du gerade?"

Noch ehe Dan zu ende gesprochen hatte, stürmte Madison in den Wohnraum.

"Ich arbeite an einem Fall."

"So spät noch?", fragte sein Kumpel.

"Na ja. Ich konnte nicht schlafen."

Jane lächelte ihn warmherzig an. Sie trug Finn auf den Arm. Er schlief. Doch sie machte sich keine Mühe die anderen darauf hinzuweisen, Finn könnte nicht den ganzen Abend schlafen, sonst würde er nachts nicht einschlafen können.

"Ist es ein Kriminalfall?", fragte Madison aufgeregt. Sie hatte in der Küche eine offene Schale mit kalifornischen Mandeln entdeckt und sich welche genommen. Jane erklärte: "Sie ist im Moment total versessen auf Kriminalfälle, seit Dan mit ihr einen Ausflug zur Polizei gemacht hat."

"Nein. Es ist eher ein bürokratischer Fall. Viele Ordner, Akten und so weiter. Aber eine Verfolgung gab es in jüngster Zeit auch."

Madison bekam große Augen. Ihre Eltern waren mittlerweile auch in den Wohnraum getreten.

"Stören wir auch wirklich nicht? Nachdem du den Besuch verschoben hattest, dachten wir, wir machen nach unserem Urlaub einen Abstecher hier.", erklärte Jane nochmal. Sie hatte Finn auf das Sofa gelegt. Er murmelte zwar etwas, schlief aber weiter. Sie deckte ihn zu. Sie würde ihn erst einmal schlafen lassen.

Clive hatte Dan und Jane nichts von dem Tag vor dem L.A. Policedepartement erzählt. Und er hatte es auch nicht vor. Er hatte an jenem Tag nur eine kurze Nachricht auf ihrem Anrufbeantworter hinterlassen, dass er es nicht schaffte. Madison hatte er eine Karte gesendet. Nicht unbedingt das, was man von einem Patenonkel erwartete. Er wollte ihr noch etwas schenken, hatte bisher jedoch keine Idee gehabt. Etwas kleines sollte es sein. Just in dem Moment, kam ihm das Foto aus der Online Times Ausgabe mit Ana und den Kids in den Sinn. Sie trugen alle solch prinzessinnenhaften Haarschmuck. Sicher würde Madison das gefallen. Vielleicht war das gar keine schlechte Idee. Er würde Ana heute Nacht danach fragen. Das Walkie Talkie hatte er Madison vor einiger Zeit geschenkt und das hat ihr offenbar gut gefallen.

Er fühlte Jane's Blick auf sich und auch Dan schien auf eine Antwort zu warten. Sie wollten sich gerade auf die Polstergarnitur im Wohnbereich niederlassen.

"Soll das ein Witz sein? Es ist schön, dass ihr hier seid. Ihr stört keineswegs."

Er schlenderte in die Küche und organisierte Getränke.

Sicher würde Ana sich bald zu ihnen gesellen und aus irgendeinem Grund freute ihn das. Zumindest glaubte er das. In Bezug auf Ana, kannte er sich selbst nicht.

"Können wir schwimmen gehen?" Madison's Lebhaftigkeit bahnte sich an.

"Es ist schon spät, Schatz.", wandte sich ihre Mutter an sie.

"Oh bitte, ich passe auch auf." Dan blickte zu Clive. "Das ist das Gequengel einer fünf Jährigen. Überredungskunst vom Allerfeinsten sag ich dir." Clive grinste Madison nur an.

"Komm wir setzen uns auf die Terrasse, von dort aus kannst du ja im Pool schwimmen"

Nach einer Weile gesellte sich Ana wirklich zu ihnen, ganz so wie Clive es vermutet hatte.

Es war ein merkwürdiges Gefühl, sie bei seinen vertrauten Freunden zu wissen. Gut, sie hatte auch mit seinen Jungs geredet. Doch diese Begegnung war irgendwie anders. Eine andere Art von Nähe vermutlich. Es freute ihn sehr, dass Ana und Jane sich offenbar gut verstanden. Sie gingen nach einer Weile in die Küche. Madison war auf einem der Liegestühle eingeschlafen und wurde von Dan zugedeckt. Finn schlief die ganze Zeit durch.

Ihre Unterhaltung verlief in ruhigen Gewässern.

Alles war sehr friedlich, dachte Clive und wunderte sich selbst über seinen Gedanken. Seine Freunde legten die Kleinen schließlich auf die Rückbank ihres Wagens und verabschiedeten sich zu einer sehr frühen Stunde, als die Sonne schon beinahe aufging.

An diesem Abend war Clive zum ersten Mal richtig bewusst, was es bedeuten musste eine Familie zu haben.

Auf Dan's und Jane's hochgezogene Augenbraue in Bezug auf Ana, noch dazu, sie um diese Uhrzeit bei ihm anzutreffen, hielt er sich wortkarg.

Jane war eine Schmuckdesignerin. Vielleicht war das mit ein Grund, warum sie sich so gut mit Ana verstand.

Er konnte nur hoffen, dass Jane Ana nicht bedrängt hatte. Er wollte nicht, dass seine Freunde, irgendetwas hineininterpretierten, von dem er selbst noch nicht einmal wusste, was es war.

Ich habe die Frauen manchmal bis zum
Wahnsinn geliebt.

Giacomo Casanova

*Wenn ich nicht aufpasse, verliere ich
mich selbst. I have to be careful.*

33

Auch in dieser Nacht, liebten sie sich.
Und Ana hatte das Gefühl, nicht satt
werden zu können, von dem was Clive
ihr gab. Sie wollte soviel mehr von ihm.
Hatte sie sich zuvor dafür geschämt, sich
selbst geschalt, wollte sie es jetzt umso
mehr und ließ es zu. Sie hatte gelesen,
dass Liebe Menschen zerreißen konnte,
sie hatte gelesen, dass Liebe und Hass
nah beieinander lagen. Doch sie redete
sich ein, dass diese Verbindung
zwischen ihr und Clive nichts mit Liebe
zu tun hatte. Es war lediglich eine kleine
Romanze, wie ihr Dad es vielleicht
nennen würde. Ihr Dad. Sie hatte ihm
von Clive erzählt, hatte ihm gesagt, was

sie fühlte, auch wenn sie das selbst kaum wusste. Ihr Dad verstand sie. Das gab ihr Sicherheit und so gab sie sich dem Höhenflug in Clive's Armen hin, ohne an einen harten Aufprall zu denken.

Clive beanspruchte sie so sehr, dass sie aufhörte zu denken und ganz und gar von ihren Gefühlen vereinnahmt wurde. Sie wollte ihm sagen, wie schön sie es fand, die Zeit mit ihm zu verbringen. "Es ist... Doch Clive legte ihr einen Finger an den Mund. "Pssst." Dann küsste er sie stürmisch und ließ sie wirklich jeden Gedanken vergessen. Er trieb sie in den Wahnsinn, liebte sie so sehr, dass sie zitterte vor Verlangen.

Zwei verschlungene Körper in der Nacht, die sich der Liebe hingaben und an kein Morgen dachten. Jeder gab sich ganz, hielt nichts zurück, wollte alles geben, was er zu geben hatte.

Sinnlichkeit lag nicht nur in der Luft und umgab sie, ihre Körper waren es, die die Sprache der Sinnlichkeit sprachen. Ihre Geister, waren es, die diese Sinnlichkeit vermittelten. Zwei jauchzende Freudenschreie, ein tiefer Blick, Zärtlichkeit. Das gemeinsame Einschlafen, Arm in Arm, eng aneinander. Jeder ein leises Lächeln auf den Lippen, hochroten Wangen vor Verlangen, warme Körper und jetzt ruhige Gemüter.

Eine Friedlichkeit, die Sie unter anderen Umständen sicher misstrauisch gemacht hätte, umgab sie beide. Ana schmiegte sich an Clive und versuchte sich diesen Augenblick für immer ins Gedächtnis zu prägen. Kurz bevor sie einschlief, spürte sie noch, wie Clive sie auf die Wange küsste und sein Atem ihre Haut streifte.

"Aber wenn eine Frau in einen Mann
verliebt ist
und es nicht absichtlich verheimlicht,
muss er es doch merken."

Charlet, Stolz und Vorurteil,
Jane Austen

*Auf diese Wahrheit war ich nicht
vorbereitet.*

34

"Hast du das gesehen, Sohn?" Clive's
Dad lehnte sich vor. Er war unerwarteter
Weise unter der Woche einmal bei ihm
Gast.
"Na ja bei der Aufstellung. Brody war
nicht auf dem Feld und Deckelstone ist
noch verletzt." Clive reichte seinem
Vater das Bier. Es war eine
willkommene Abwechslung seinen Vater
einmal hier in seinem Haus zu
empfangen. Es stand außer Frage, dass
er Ana schätzte.

"Stimmt wohl. Der neue Coach scheint mir mit seinen Praktiken einiges verändern zu müssen. Aber wir wollen uns nicht über Sport unterhalten - Ana stoßen Sie mit uns an."

Ana fing seinen Blick auf. Sie war gerade erst aus der Speisekammer zurück. Ein kleines Tête-á-tête mit Clive, wie man meinen könnte, als er nachkam, um zu sehen wo sie blieb. Ein Mann wie er, sollte einem nicht folgen. Es war zu gefährlich. Nicht nur sein Wesen und nicht nur sein Äußeres. Alles an ihm war ein zu gewagtes Risiko. Er war zu viel für sie. Jener Gedanke ging ihr durch den Kopf, als er sie von hinten an den Hüften packte und sie zu sich herumdrehte. Es störte sie, dass sie hier war und sein Vater zu Besuch war. Doch offenbar wusste Clive selbst nichts davon. Was sollte sein Vater von ihnen beiden denken?

„Was machst du?". Seine Worte umspielten ihre Lippen und erinnerten sie daran, wie sehr er sie letzte Nacht beansprucht hatte.

Ana hatte ihm gesagt, dass sie nachdachte und ihn gefragt, was er seinem Vater von ihnen beiden erzählt hatte. Clive hatte daraufhin ihre Halsbeuge geküsst und Worte gemurmelt, die ihr jetzt übel aufkamen. Er war immer noch er, küsste sie und verließ schließlich mit dem Salatessig in ihrer Hand die Speisekammer. Kurze Zeit später tat sie es ihm nach. Nicht jedoch ohne innerlichen Vorbehalt. Sie brauchte ein wenig Abstand. Als sie jetzt in die Augen von Clive's Dad schaute, kam sie sich kurze Zeit etwas mies vor. Sie hatte eingewilligt mit ihnen zu essen. Sie verwarf den Gedanken. Ein Dinner mit Clive war jetzt nicht das Richtige.

"Oh nein danke. Ich werde etwas raus gehen. Die frische Luft wird mir gut tun."

Sie verließ den Wohnraum und trat ins Freie. Sein Vater sah ihr erstaunt nach. Schließlich wandte er sich an Clive.

"Was hast du mit ihr gemacht?"

"Was meinst du?"

"Sie wollte mit uns zu Abend essen. Jetzt braucht sie frische Luft!"

Clive zuckte nur die Achseln. Innerlich aber fragte er sich, was Ana umgestimmt hatte, konnte sich aber kein Reim darauf machen. Er würde es später klären. Mit ihr. In seinem Bett.

"Also dann erzähl mal, wie lange brauchen die Steaks noch?"

Irgendetwas an den Worten 'unverbindlicher Sex' hatte sie gestört. Sie wusste nicht was. Doch sie wollte es unbedingt herausfinden. Vielleicht war es auch die Art wie Clive es gesagt hatte. So unbefangen. So unbeteiligt. Ana streifte sich ihren Cardigan über, klemmte das Buch ihres Vaters unter ihrem Arm und ging hinunter zu den riesigen Olivenhain. Sie fand einen Weg und folgte ihm willkürlich. Es würde ihr gut tun, jetzt alleine zu sein. Die letzten Tage mit Clive waren viel zu intensiv gewesen. Sie musste vorsichtig sein! Ein Mann wie er konnte ihre Würde verletzen. Und vielleicht auch mehr, kam ihr ein Gedanke.

Im Schein einer sanften Lichtung brach es über sie herein. Clive. Los Angeles. Seine Haus. Seine Heimat. Sein Vater. Seine Freunde. Er war so präsent in ihrem Inneren, dass es sie sehr erschreckte. Sie schlug eine Seite des Buches auf, klappte es jedoch gleich wieder zu.

Konnte es sein? Mochte es wahr sein?

Sie dachte an jenen Moment am Mullholland Drive, als Clive von einem wundersamen Ort sprach. Und wie er sie geküsst hatte. War diese Lichtung ihr wundersamer Ort? Veränderte er sie gerade?

Konnte es wahr sein, dass sie..., sie mochte den Gedanken kaum zu Ende denken

Hatte sie sich in ihn verliebt?

War es Liebe?

Konnte das überhaupt möglich sein? Das hier war Clive. Wie konnte sie nur?, schalte sie sich selbst.

Nein. Sie musste sich täuschen. Doch ihr Herz schlug heftig. Er war so präsent in ihrem Leben. So präsent, dass es ihr schiere Angst bereitete. Und doch verborgen, versteckt in weiter Ferne vermutete sie das Glück. Aber nicht mit Clive. Er war nicht so. Er hatte sicher andere Pläne. Wie konnte sie überhaupt nur darüber nachdenken?

War sie so blind? Wieso nur?

Ja konnte es denn tatsächlich wahr sein?

Ja mein Kind. Die Worte ihres Dads brachten sie zum weinen und sie warf sich auf die Knie. Sie wusste selbst nicht, was sie in jenem Moment fühlte. War es Verzweiflung, Angst oder doch Liebe? Machte sie sich etwa selbst etwas vor? Wenn es so weh tat zu lieben, dachte sie bei sich, dann wollte sie von der Liebe nichts wissen.

Den Rest des Tages ging sie Clive aus dem Weg. Sie musste sich schützen. Auch wenn er das sicher nicht verstand, musste sie das tun.

Sie hatte auf einmal unglaubliche Angst vor ihren Gefühlen. Auf gar keinen Fall, wollte sie sie noch unterstützen. Sie versperrte an jenem Abend die Tür zu ihrem Zimmer und dachte über alles nach. Ihre Mutter hatte angerufen. Doch Ana wollte im Moment mit niemanden sprechen. Sie traute ihrem eigenen Herzen nicht.

Die Liebe fordert alles und ganz mit
Recht.

Ludwig van Beethoven

Es tut einfach nur weh, Dad. Ich hätte
mich nie auf das alles einlassen sollen
Auf Clive. Auf den ganzen Schmerz, der
jetzt da ist. Never ever.

35

Clive wusste nicht, wie er damit
umgehen sollte, dass Ana ihm aus dem
Weg ging. Er hatte sich nicht anders
verhalten als sonst und doch tat sie
genauso.
Es frustrierte ihn, dass sie sich ihm seit
der letzten Nacht verweigerte und er
fragte sich nach dem Grund. Grübelte
lange darüber, während er Steine ins
Wasser warf oder seine Bahnen
schwamm. Was wollte sie damit
bezwecken? Den Großteil der Woche
hatten sie gemeinsam verbracht, wenn
auch nicht tagsüber. Er wusste ganz
genau, dass ihr der Sex gefiel. Ihr lautes

Seufzen klang jetzt noch in seinen Ohren. Verdammt!

Es dauerte nicht lang, bis sich Wut bei ihm eingestellt hatte. Und irgendwie fühlte er sich in seinem Recht gestört. Ja vernachlässigt. Ungerecht behandelt. Er wusste, dass das albern war und doch fühlte es sich genauso an.

Sie gehörte zu ihm. Wieso benötigte sie auf einmal soviel Freiraum? Was war passiert?

Als Clive es am Samstagmorgen nicht mehr aushielt, stürmte er in ihr Zimmer, warf ihre Decke zurück und baute sich bedrohlich vor ihr auf.

Ana war wach gewesen. Sie hatte Tränen in den Augen. Tränen, die sie vor Sehnsucht, aber auch des Schmerzes vergossen hatte. Schmerz, darüber, dass sie sah, dass er nicht so fühlte wie sie und sie offenbar nicht verstand.

"Was ist eigentlich los mit dir?"

Ana drehte sich von ihm weg. Sie würde heute abreisen, das hatte sie heute Nacht beschlossen.

"Hat das einen Grund, dass du mir ständig ausweichst?"

"Ich kann nicht.", war alles, was sie hervorbrachte und ihn erzürnte. Er mochte es nicht, wenn er nicht wusste wo er dran war. Er kontrollierte die Dinge gerne. Und wenn sie kompliziert wurden, dann mussten sie sich halt unterordnen. Er würde damit schon fertig werden. Die kleine Stimme in seinem inneren, die ihm sagte, dass jetzt nicht der geeignete Zeitpunkt für ein Gespräch war, ignorierte er. Er wollte eine Antwort. Doch sie rührte sich nicht, und das 'ich kann nicht' stand wie eine große Mauer zwischen ihnen. Wann sind die Dinge zwischen ihnen nur so kompliziert geworden?

Als er aus dem Zimmer lief, stand Ana auf und ging hinaus in den Garten. Sie brauchte dringend frische Luft und vielleicht jemanden, der sie in den Arm nahm und tröstete. Jemand anderen als Clive. Jemanden wie ihr Dad. Oder Sam oder Chantal. Sie schüttelte den Kopf. Sie war eine erwachsene Frau. Sie hatte sich selbst in diese Situation hineinmanövriert, also müsste sie auch zu sehen, dass sie da wieder herauskam.

Ihr Herz erinnerte sie daran, dass ihre Gefühle nicht erwidert wurden und sie hätte wieder anfangen können zu heulen. Ihre gemeinsamen Nächte bedeutete

Clive nicht so viel wie ihr. Seine Augen waren hungrig, wenn sie abends in seinen Armen lag, doch das war sexueller Natur. In dem Moment, wo sie beieinander lagen, gab er ihr das Gefühl, sie wären gute Freunde. Mittlerweile gestand sie sich ein, dass sie mehr wollte. Sie wollte viel mehr. Sie wollte ihn und ihr Leben mit ihm teilen. Ganz. Nicht nur für eine Weile. Nicht für's Ego, sondern für ihr Herz. Es verlangte geradezu danach. Und weil es nicht haben konnte, was es wollte, blutete es bitterlich.

Die Liebe kennt ihre Tiefe nicht bis zur
Stunde der Trennung.

Khalil Gibran, Philosoph

Wer wäre ich ohne Sam?
Wer wäre ich ohne Dich, Dad?
Thanks for consolation.
I think I have to move on.

36

Clive fand Ana am Rosenbusch, kurz vor
der Lichtung. Er trat zu ihr. Sie spürte
noch immer seine Wut. Doch er sagte
nichts, stattdessen, lachte er nur. Doch
das Lachen war weder herzlich noch
schallend. Es hatte etwas ärgerliches an
sich. Etwas unverständliches. Etwas
verletzendes.
Ana stürmte auf ihr Zimmer. Tränen
brannten in ihren Augen. Sie musste weg
von hier und zwar schnellst möglichst.
Kurzerhand zog sie ihren Koffer hervor
und warf ziellos ihre Klamotten hinein.
Clive war ihr gefolgt.

"Wir hatten einen Deal!"

Ana konnte es nicht fassen. Dieser Mann war so schrecklich selbstverliebt.

"Das ist es für dich also immer noch? Ein Deal?"

Er trat zu ihr an den Koffer und zwang sie sie anzusehen. Lange sagte er gar nichts. "Komm mir jetzt bloß nicht mit irgendeiner Gefühlsduselei."

Sie packte weiter. Ging hinüber ins angrenzende Bad und belud ihre Badeartikel, die sie schließlich zu den anderen Dingen in den Koffer legte. Clive trat näher.

"Ich verstehe das nicht. Es lief doch alles prima zwischen uns." Tränen traten wieder in ihren Augen und sie drehte sich weg. "Bitte geh einfach." Clive wollte sich nicht so leicht abwimmeln lassen. Er berührte ihren Arm, doch sie entwand sich ihm. "Geh."

Wütend stampfte er davon und knallte die Tür hinter sich.

Als er weg war, brach Ana in Tränen aus. Er verstand sie nicht.

Eine Stunde später war sie fähig sich ein Taxi zu rufen. Sie hatte sich auch schon ein Flug gebucht. Was für ein Glück, dass heute noch ein Flieger nach New York ging. Sie wollte die Erinnerung an Los Angeles vergessen. An Clive. An all das hier.

Er hatte sich nicht verabschiedet, aber das hatte sie auch nicht erwartet. Selbst Hoi Min hatte sie nicht Lebewohl sagen können, weil er auf einem Ausflug war.

Während der gesamten Reisezeit war sie die Woche bei ihm nochmal durchgegangen. Es war wunderschön dort gewesen. Sie hatten sich gut verstanden. Beinahe zu gut und dann waren sie sich einfach so näher gekommen. Ana schloss die Augen. Es war irre, mit so einem Mann wie Clive zu schlafen. Von ihm berührt zu werden hatte sie sich schon länger gewünscht, wenn sie ehrlich zu sich selber war. Und wie gut sie harmonierten. Aber dieses Ego. Dieser Stolz hatten sie wieder auf den Boden der Tatsachen zurückgeholt. Andererseits hatten sie auch viel zu lachen gehabt. Seine Kumpels waren ziemlich lustig. Und es hatte ihr unbändigen Spaß gemacht Clive zu ärgern. Das Kochen hatte auch viel Spaß gemacht. Besonders verschiedenes auszuprobieren. Das Schönste jedoch war der Ausflug zum Küstenabschnitt. Clive war an diesem Tag so gesprächig gewesen. Und sie hatten viel gelacht. Ja die Woche hatte auch ihre guten Seiten. Doch er hatte sie verletzt. Ihr verständlich gemacht, dass sie eine Affäre hätten, die über lang oder kurz von ihnen beiden in Vergessenheit geraten würde. Das tat weh. Verdammt weh. Besonders nachdem sie ihn besser kennengelernt hatte.

Im Taxi zu ihrem Appartement rief sie Sam an, doch es ging außer die Mailbox niemand ran. Also hinterließ sie eine Nachricht. Sie hörte die Sprachnachricht ihrer Mutter ab. Wie sich herausstellte waren die Fotos der Hochzeit entwickelt und sie wären wirklich sehenswert. Sylvia würde ihr welche zusenden, wie sie sagte und sie ergänzte: "Das Foto Schätzchen, wo du mit Clive auf der Bank im Garten sitzt, ist besonders gelungen. Natürlich sende ich dir dies ebenfalls." Ana wollte dieses Foto nicht sehen. Sie wollte keine Erinnerung in ihrem Zuhause an ihn. Kein Foto, dass ihr sein verschmitztes Grinsen zeigen würde. Jener Moment der Aufnahme war so absurd gewesen. Sie schüttelte den Kopf. Sie wollte ihn so schnell wie möglich aus ihrem Kopf verbannen.

Zu schön um wahr zu sein war die Zeit bei Clive, mit einem jähen, heftigen Ende und alles nur, weil ihr Herz nun einmal kein Roboter war. Sie hatte wirklich kein Bedürfnis sich noch einmal an all das zu erinnern, auch wenn sie wusste, dass sich ein Teil ihrer Seele immer noch verzweifelt danach sehnte.

Zuhause zog sie sich bis auf Tanktop und Shorts aus und legte sich ins Bett. Sie wollte einfach schlafen. Morgen war ein neuer Tag. Möge er besser werden.

Sie verbrachte ganze Tage in ihrem Schlafzimmer, wollte niemanden sehen oder hören. Nur im hintersten Winkel ihres Bewusstseins, wusste sie, wie egoistisch das war. An einem weiterem Tag, als Ana schon fast nicht mehr liegen konnte, und das Trübsal blasen schon fast seinen Reiz verloren hatte, klingelte es an ihrer Tür. Die Decke über den Kopf, tat sie, als hätte sie es nicht gehört. Es klingelte ein drittes Mal. Ana stöhnte. Schließlich stand sie auf, tapste zur Tür und riss sie verschlafen auf. Als sie ihre Freundin sah, brachte sie ein kurzes Lächeln zustande, dass aber so schnell aus ihrem Gesicht wich, wie es gekommen war. "Oh hi Sam." Sam erschrak. Der Anblick ihrer Freundin machte sie sprachlos. Sie sparte sich die Begrüßung. Im Übrigen war Ana sowieso schon wieder in ihrem Appartement verschwunden. Richtung Schlafzimmer.

"OH MEIN GOTT! Wie siehst du denn aus? Hast du dir in letzter Zeit mal die Haare gewaschen? Oder etwas gegessen? Und die Ringe unter deinen Augen!

Ana! Ich mach mir Sorgen um dich." Ana drehte sich um und bemerkte, dass Sam ihr gefolgt war.

"Das tut meine Nachbarin auch. Und trotzdem kriegt sie mich nicht hier raus." Ana kroch wieder unter ihre Bettwäsche.

"Schluss jetzt. Du kannst dich nicht ewig hier einigeln."

"Welcher Tag ist heute?"

"Freitag, wieso?. Der ideale Tag um auszugehen."

"Falls du deshalb hier bist, ich habe kein Interesse."

"Nein. Ich bin nicht deshalb hier.

Sam setzte sich zu Ana ans Bett. "Ich wollte nach dir sehen. Dana hat mir gesagt, dass du dir ganze zwei Wochen frei genommen hast und vielleicht sogar verlängern wirst.

Ziemlicher lange Liebeskrank, findest du nicht auch?"

Ana schnaubte.

"Ich habe etwas für uns. Halte Dich fest. Zwei Open-Air-Konzert-Karten für - na rate mal?"

"Mmhm, weiß nicht. Irgend so eine Newcomer-Band?"

"Nein. Die Karten sind für Maroon 5 heute Abend."

Sam schaute auf ihre Uhr. "Wir haben noch genau drei Stunden um dich auf Vordermann zu bringen." Sam plapperte direkt weiter, sie wollte verhindern, dass Ana sich einen Grund überlegte nicht mitzukommen.

„Ich habe alles mitgebracht. Natürlich müssen wir dich tarnen. Erst auf der Aftershowparty kannst du dann auftreten. Ach und habe ich dir schon gesagt, dass ich keine liebeskranken Ausreden zulasse? Du wirst mitkommen Ana."

Daraufhin trat sie in den Flur und holte die große Kleidertasche, die sie beim Eintreten dort abgestellt hatte.

"Sam?"

Ihre Freundin drehte sich zu Ana um.

"Danke. Und ich komme gerne mit."

Die Menge applaudierte bei jedem weiteren Gitarrensolo der bombastischen Band. Ein großes Raunen ging durch die Menge als der ersehnte Nummer eins Hit den gewünschten Klang in den Ohren der tausenden Menschen fand, die sich dicht nach vorne drängten. Wie ein Podest erschien Ana die Bühne die in knapper Entfernung vor ihr aufragte. Auf ihr waren Amerikas heißesten Junggesellen und das Publikum kriegte sich nicht mehr ein vor lauter Kreischen. Adam Levine, Frontman der Freaky-Pop-Gruppe Maroon 5 stand wie ein Held vor all den aufregenden Fans. Er sah unwiderstehlich aus und blickte selbstzufrieden in die tobende Menge. Immer wieder griff er sich mit seiner freien Hand in sein kurzes Haar. Allein diese Tatsache war Nahrung für all die verrückten Groupies mit ihren riesigen Plakaten aus roter Pappe. Die gigantischen Lichter hauchten die Band in mitternachtsblau und schwang dann rüber zu grün und leuchtendem rot. In jedem der einzelnen Farbtönen wirkte die Band wie das fehlende Element eines verrückten, bunten Abends.

Ana versuchte sich im Gewühl der vielen Ellenbogen zurechtzufinden, musste allerdings feststellen, dass das nicht so einfach war. Sams Idee, sie zu diesem irren Konzert zu begleiten musste einem Fluch nahe kommen. Sie versuchte die gepresste Luft der Menschenmasse nicht zu tief in ihre Lungen zu lassen. Das Schild ihres grün-weißen Batiktop kratzte ihre Rippen und sie hasste sich automatisch dafür, dass sie sich von Sam hatte überreden lassen in diesem schlampigen Fummel zusammen mit einer dunklen Leggings, die schon sehr ausgeleiert war und weißen Nike-Schuhen hier aufzutauchen. Ihr widerspenstiges braunes Haar hatte sie hinter einer Atlantic-City-Basekap versteckt und ihre exotischen Augen, die jedem Playboyleser lüsterne Gedanken machen müsste, schirmte sie durch eine getönte Sonnenbrille ab, die Sam beim Wall-Markt erstanden hatte. Und das alles nur, weil sie unerkannt bleiben wollte. Ihre Garderobe für die Aftershowparty, die Sam schon so ersehnte, lag auf dem Rücksitz ihres Vans. „Pay Phone" vereinnahmte das Publikum vollends und Ana konnte nicht umhin den Star der Band, den alle Welt so anpries, ein wenig Anerkennung zu zollen. Sie wünschte innerlich all den Groupies viel Erfolg.

Sie dachte an Clive! Der Mann, der ihr Herz zum Beben gebracht hatte.

Der Mann, der ihr liebevolle Worte ins Ohr geflüstert hatte, als er sie liebte.

Der Mann, dessen Berührungen sie nicht vergessen konnte und dessen Charakter ihr längst nicht mehr so arrogant erschien, wie zu dem Zeitpunkt, als sie ihn kennen gelernt hatte.

Er war vielmehr ein Mann, dessen Wesen ihr Herz berührte. Ihr Herz hatte nämlich einen starken, liebevollen, zuvorkommenden, reichlich Humor besitzenden Mann in ihm entdeckt.

Er hatte sie mehrmals zum Lachen gebracht und die Leidenschaft, mit der er sie berührt hatte, ließ sie jetzt noch erschauern.

Doch er liebte sie nicht.

Clive! Doch ehe sie ihre träumerischen Gedanken weiterführen konnte, wurden sie von dem lauten Jubel übertönt der um sie herum herrschte. Da sie ihre sonstige Kleidung heute gegen secondhand Ware eingetauscht hatte, bestand keine Gefahr sich zum Affen zu machen, während sie ihren grazilen Körper rhythmisch zur Musik bewegte. Der Groupie in Sam war endgültig zum Leben erwacht und sie nahm ihre Freundin, die sonst einen ganzen Raum durch ihre exotische Ausstrahlung bezirzte, nicht mal mehr wahr. Alle hatten nur Augen für die Bandmitglieder.

Irgendwie fand Ana sich nach zwei weiteren Songs im zustimmenden Applaudieren wieder und kannte auf einmal keine Schüchternheit mehr, wie wild herumzutanzen. Dies war genau die richtige Abwechslung, wie Sam es genannt hatte. Und Ana fühlte plötzlich mitten in der tosenden Menge unter der coolen Musik von Maroon 5 grenzenlose, bis zum Himmel schreiende Freiheit. Sie lachte, weil sie sich lange nicht mehr so selbstlos einer Sache hingegeben hatte. Einen Moment blickte sie zu den Wolken und die trügerische

Gewissheit den Anblick ihres Dad's auf sich zu fühlen, gefiel ihr.

Die Aftershowparty fand im Sofitel Hotel mitten in Manhattan statt, unweit des Freiluftortes, wo das Konzert abgehalten wurde. Unter tropischen Palmen, wirkten die mit weißer Seide bestückten Stehtische in der Hotellobby wie die schneeweißen Türme eines Schachbretts. Der monströse Wasserfall umgeben von Sandsteinen ragte unter der mächtigen Glaskuppel hervor. Ana war schon oft hier gewesen, war doch immer wieder aufs Neue durch den Glanz des Hotels beeindruckt. Elegante orientalische Elemente zierten den bordeauxfarbenen Teppich um den Wasserfall auf eine unterwürfige Weise. Kellner mit perfekt sitzenden schwarzen Fliegen balancierten eine große Auswahl an Aperitifs auf Silbertabletts und sahen dabei so adrett aus, dass Ana sich das Schmunzeln nicht verkneifen konnte. Sie nahm sich einen Martini und schaute sich ein wenig um. Als Sam wieder zu ihr stieß und ihr all jene Gäste vorstellte, die sich als ihre Kunden oder potenzielle Kunden entpuppten, war die Party bereits im vollem Gange. Insgeheim dachte Ana, wie schade es war, dass er jetzt nicht bei ihr war. Die Musiker waren bereits eingetroffen und gaben noch ein kleines Ständchen.

"Ana? Hallo! Nicht wieder in Gedanken abtauchen, ok?!" Sam zog sie in eine ruhige Ecke nahe der Damentoiletten, damit sie sich überhaupt verstehen konnten. Just in dem Moment fing Ana an zu weinen.

"Oh Ana, Schätzchen." Mehr sagte Sam nicht und es war auch nicht nötig. Sie brachte Ana nach Hause und blieb einige Zeit. Sam hatte ihr einfach zugehört und ihre Hand gehalten.

"Clive braucht wohl noch etwas um das ganze zu raffen. Er ist anscheinend einer von den langsamen, was das angeht, wenn du verstehst was ich meine. Doch ich kann dir versichern, dass du ihm sehr wichtig bist, Schätzchen - so wie er dich auf der Hochzeit deiner Mom angesehen hat, das kam – ich übertreibe nicht - einen Raubtier gleich." Auf einmal musste Ana lachen. Ein befreiendes Trauer auflösendes Lachen, das aus ihrem tiefsten Inneren kam.

"So gefällst du mir schon viel besser!", stimmte Sam in das Lachen mit ein. "

Also reden wir jetzt über Mode oder irgendwelche anderen Dinge?"
Ana nickte nur. "Gern. Oder stopp, wo wir gerade von Männern reden - was ist aus Tony geworden?" Sam starrte ihre Freundin an. "Nichts. Vermutlich habe ich ihm die falsche Nummer gegeben."
"Er hat sich nicht gemeldet?"
Sam schüttelte den Kopf. "Es gibt Schlimmeres, schätze ich. Lass uns von etwas anderem reden."
Irgendwie nahm Ana ihrer Freundin die Kühnheit nicht ganz ab. Doch sie beließ es dabei. Sie hatte gedacht, dass dieser Tony nicht so ein Idiot war, was Frauen anging. Vermutlich hatte sie sich da getäuscht. Ein Teil in ihr hoffte, sie läge falsch. Sam hatte so glücklich mit ihm ausgesehen.
Und nur weil sie von Clive und Männern im Allgemeinen die Schnauze voll hatte, hieß, dass ja nicht, dass ihre Freundin in der Beziehung Abstriche machen musste. Die machte Sam sowieso nicht. "Deine neue Vase macht sich übrigens gut auf der Kommode im Wohnbereich. Richtig schick und elegant. Hat das einen Grund, dass sie keine Blumen enthält?"

"Mir ist im Moment nicht so danach. Das ist alles."

"Ich werde dir nächstes mal welche mitbringen.", meinte Sam.

Sie lächelte ihre Freundin an.

"Danke für das Konzert!"

"Ich wusste das du das jetzt brauchst, vielleicht wir beide.", ergänzte Sam.

Sie blieb noch eine gute halbe Stunde – Ana erzählte ihr sogar von ihrer 'it's raining man' Gesangseinlage in Clive's Hotel und Sam lachte sich halb schlapp - ehe sie sich ein Taxi bestellte und sich von Ana verabschiedete.

Dann war sie wieder allein und Ana wusste, dass sie weiter machen musste. Mit ihrem Leben.

Zum Kuckuck mit Clive!

Erinnerst du dich an die Nächte, die uns
vereinten,
das Leuchten deiner Seele
umgab uns wie eine Aureole
und die Engel der Liebe schwebten über
uns,
die Werke des Geistes besingend.

Erinnerst du dich an die Zeiten,
wo wir im Schatten der Bäume saßen?
Ihre Zweige verbargen uns
vor den Blicken der Menschen,
so wie die Rippen das heilige Geheimnis
des Herzens hüten.

Wo bist du mein Leben?
Trauer umgibt mich,
und Kummer besiegte mich.
Lächle in die Luft,
und ich werde mich erholen!

aus Selbstgespräch,
Khalil Gibran

Bin ich oder bin ich nicht...?

37

Es war früher morgen und Clive schlummerte noch ein wenig.

Morgens neben Ana aufzuwachen war herrlich gewesen. Ihren warmen Körper zu spüren, ihre rosige, weiche Haut. Ihre langen Beine mit den seinen verschlungen.

Morgens nicht neben Ana aufzuwachen, hieße zumindest ihren Duft auf seinem Kopfkissen zu haben.

Er drehte sich. Kein Duft. Stattdessen der Geruch von frischer Wäsche. Keine Spur von Ana. Innerlich verfluchte er Hoi Min für das Wechseln seiner Laken, auch wenn das wahrscheinlich längst anstand. Ein klein wenig missmutig stand er auf und ging in den Garten. Auf dem Weg dorthin zog er sich Sportkleidung an. Er würde laufen gehen und versuchen einen klaren Kopf zu bekommen. Die Sonne war gerade aufgegangen und schien ihn zu fragen, was mit ihm los sei.

Clive überdachte noch einmal die gesamte Zeit mit Ana.

Vor Gericht, war sie noch gegen ihn gewesen, das mochte sich geändert haben, doch sie hatte sich gegen ihn verschlossen, was nicht besser war. Er dachte an ihre Vorwürfe, den Zeugen Rico Bollendi manipuliert zu haben.

Clive hatte von Rico und seiner Frau Agda nach der Verhandlung nichts mehr gehört. Er wusste, sie waren wieder zurück in ihre Heimat gefahren. Erst jetzt, als die Zeit zum Nachdenken so drückend wurde, rief er seinen alten Freund an und bedankte sich bei ihm. Die Show damals vor Gericht war ihnen zwar gelungen, doch sie bröckelte leicht. Im Nachhinein konnte Clive beinahe darüber lachen. Beinahe. Doch Ana spukte zu sehr in seinem Kopf. Er sprach bei dem Telefonat nicht von ihr. Sie stellte ein Kapitel in seinem Leben dar, dass er selbst noch nicht genau verstanden hatte. Immer noch nicht und er bezweifelte, dass er das je tun würde.

Es dauerte einige Zeit, bis Clive bewusst wurde, dass ihm etwas fehlte. Und selbst dann, konnte er dieses Etwas nicht in Worte fassen. Sein Verstand ließ sich auf keinen Kompromiss ein, wollte weiterhin alles kontrollieren.

Er war einer Eingebung folgend zum Mullholland Drive gefahren. In Gedanken war er ihre Berührung an jenem Abend noch einmal durchgegangen.

Ana. Verdammt Ana.

Er vermisste sie. Erst jetzt wurde ihm das richtig bewusst. Sie fehlte ihm.

Er hatte es tatsächlich vermasselt. Wie hatte er das nur geschafft?

Was hatte er nur angestellt?

Sie war so wundervoll! Und was hatte er gemacht? Sie benutzt für sein Ego?

Konnte es sein, dass sie die Eine war?

Die Eine für ihn?

Ein Plan schoss ihm durch den Kopf, der immer klarer wurde.

Er lächelte und konnte es kaum abwarten ihn umzusetzen. Als erstes würde er Braxford anrufen. Mittlerweile hatte er seine Nummer. Er nahm sein Handy, seine Schlüssel und seine Brieftasche, warf sich sein Jackett über und eilte aus dem Haus. Eine kleine Reisetasche hatte er bereits in seinem Wagen verstaut. Er gab sich fünf Tage. Fünf Tage, die er sich überlegen konnte, was er ihr eigentlich genau sagen wollte. Clive lächelte bei diesem Gedanken. Bis dahin gab es allerdings noch einiges zu organisieren. Unterwegs zum Flughafen rief er Braxford an. Gleich beim ersten klingeln nahm dieser ab. „Gil Braxford hier. Was kann ich...", doch bevor Gil zu ende sprechen konnte, kam Clive ihm zu vor. „Gil? Clive Owen hier – hast du einen Moment?".

Ein kurzes Schweigen. Dann: „Du rufst mich nicht wirklich an, oder?" Clive musste fast lachen, doch die Situation war zu ernst. „Doch ich rufe dich an, weil ich wissen will wo Ana ist. Weißt du wo sie ist?"

„Nicht wirklich.", war Gil's knappe Antwort.

„Hör zu, Gil. Die Dinge sind anders, als sie vor Gericht dargestellt wurden."

„Na klar. Das sind sie immer, nicht?"

Clive seufzte. „Ana war eine Woche hier bei mir zu Besuch."

„Verstehe.", murmelte Braxford, seinen Kaffee schlürfend. Er hatte weiß Gott anderes zu tun, als mit Clive zu telefonieren.

„Wirklich? Ich glaube nicht, dass du verstehst."

Jetzt war es Gil der seufzte. „Ich glaube nicht, dass du dich in der Beziehung zu Frauen gebessert hast, Clive. Der Grund, wie es überhaupt zur Verhandlung kam, ist mir immer noch suspekt, doch er zeigt, dass du alles andere als ein Gentleman gewesen sein musst, was deine Schulzeit übrigens nur bestätigt. Wenn Ana dich besucht hat – ich will dir in diesem Punkt einmal glauben – dann solltest du wohl selbst wissen wo sie ist."

„Sie ist gegangen."

Braxford schien wenig verwundert, höchstens über Clive's Offenheit.

„Du meinst ohne dein Zutun?" Sein Sarkasmus war kein Geheimnis.

„Nein, ich hab's vermasselt, Gil. Das ist es ja.", räumte Clive ein.

„Was für ein Eingeständnis, Clive. Das habe ich dich ja noch nie sagen hören."

Clive schwieg einen Augenblick, dann fragte er: „Kannst du mir helfen?"

Der Abend mit Sam war schön gewesen. Sie wusste wirklich wie sie ihre

Freundin aufheiterte. Ana hatte so gute Laune, dass sie beschloss am Montag wieder arbeiten zu gehen. Sie würde wegen Clive nicht ihr Leben wegwerfen. Und doch. Wieder traten ihr Tränen in die Augen, die sie hastig weg blinzelte.

Sie warf sich in Joggingkleidung und machte sich auf den Weg. Auch wenn sie es sich nicht leisten konnte noch mehr an Gewicht zu verlieren, würde der Sport ihr gut tun.

Noch bevor sie zur Tür heraus war, klingelte ihr Telefon. Im Kopf hatte sie immer noch die Melodie von Maroon 5 mit 'Moves like Jagger', einen ihrer neusten Hits, den sie auch gespielt hatten. Vermutlich war es Sam. Oder einer ihrer Kollegen? Sie hatte bereits bei der Arbeit Bescheid gegeben, dass sie sich besser fühlte und ab sofort wieder einsatzbereit war. Wenn es ihre Mom war, würde sie das Gespräch so kurz wie möglich halten - sie war noch nicht bereit über romantische Gefühle zu sprechen. Ana nahm den Hörer ab. "Miss Susuki?"

"Hallo, ja das bin ich." Sie hatte den leisen Verdacht, dass sie diese Stimme schon einmal gehört hatte und hoffte,

dass es kein schmutziger Journalist war, dem es irgendwie gelungen war, an ihre Nummer zu kommen. Doch es war jemand ganz anderes. "Hier spricht Hoi Min." Ana hielt für einen Moment die Luft an. Ließ Clive seine Mitarbeiter für ihn sprechen? War er wirklich so kaltherzig? Und was konnte er wollen? "Sie haben mich kennengelernt Miss, als Sie Clive Owen besucht haben." Besucht! Nun gut. Hoi Min wusste vermutlich nichts von ihrem kleinen Tête-á-tête mit Clive. Und das war auch gut so. Sie selbst wollte nichts mehr davon wissen. Wäre Hoi Min nicht ein netter, offenherziger Mensch gewesen, hätte sie vermutlich, bei der Erwähnung von Clive's Namen, gleich aufgelegt.
"Er hat es mir verraten, Miss Susuki! Er hat es mir tatsächlich verraten!"
"Bitte was?" Ana verstand nicht ganz. "Das Rezept. Sie waren hier zum Lunch an ihrem ersten Tag, erinnern Sie sich?" Noch bevor Ana antworten konnte, sprach Hoi Min weiter. "Es gab Dorade mit einer perfekten von Clive kreierten Tunke, ähnlich einer Ponzu und ich habe das Rezept! Ich danke Ihnen dafür Miss Susuki! Das ist wirklich großartig. Wenn

meine Familie das nächste Mal nach Kalifornien kommt, werde ich es kochen." Ana war perplex. Zum einen, weil Clive etwas verraten hatte, was er partout nicht herausgeben wollte (nicht mal in den Nächten, in denen sie sich liebten), zum anderen, weil Hoi Min sich bei ihr bedankte. Sie kam zu dem Schluss, dass Hoi Min ihr seine Freude mitteilen wollte, was sie auch wirklich freute und fragte deshalb genau nach diesem Rezept.

"Das freut mich.", erwiderte sie und Hoi Min lachte vergnügt. Dass Clive das Geheimnis der Zubereitung herausgerückt hatte, führte er auf Miss Susuki zurück. Er hatte gesehen, wie Clive sie anschaute und wenn er es nicht besser wüsste, lag das Interesse auf beider Seiten. Wieso sonst war Miss Susuki die Woche wo sie hier war, ständig so hochrot im Gesicht. Nun er würde den beiden einen Rosenbogen herrichten. Zur Hochzeit, schätzte Hoi Min, konnte es ja nicht mehr lange dauern. Er hatte Clive heute früh aufbrechen sehen. Mit glücklichen Augen. Nicht wie in den letzten Tagen.

"Ich werde Ihnen das Rezept senden. Er hat noch ein paar andere herausgerückt, die ich seit Jahren versuche nach zu kochen. Ich danke Ihnen so sehr. Machen Sie es gut. Auf bald!"

Erst als sie aufgelegt hatte, ging es ihr durch den Kopf, dass sie gar nicht nach ihrer Adresse gefragt wurde und sie sie auch nicht von selbst genannt hatte. Nun gut. Das Rezept war nicht alles. Sie musste zwar zugeben, dass es sie ungemein interessierte, doch sie hatte aus dem Fehler mit dem Quiche gelernt. Auf ihrer Top-to-do-Liste stand Clive-aus-dem-Weg-gehen ganz oben und dabei würde es bleiben.

Eine der erschreckenderen Neuigkeiten in ihrem Leben war, dass ihre Blutung seit einiger Zeit ausblieb. Zuerst machte sie sich sorgen, dann wurde sie wütend und zuletzt traurig. Beim Joggen wurde sie sich zumindest klar darüber, dass ihre verschiedenen Gefühle und ihre innere Aufruhr, ihr nicht helfen würden einen klaren Gedanken zu fassen, weiterzumachen mit ihrem bisherigen Leben, wenn das überhaupt möglich war.

Ihre Monatsblutung blieb auch in den nächsten Tagen aus und Ana wurde langsam unruhig.

Am Sonntag ging sie schließlich zu Wool`s Market an der Ecke Times Square und kaufte einen Schwangerschaftstest. Auf dem Weg zurück zu ihrem Appartement wich sie den zahlreichen Touristen aus, die NYC jährlich aufsuchten. In ihrem Kopf drehte sich nur ein Gedanke: Bin ich schwanger oder nicht?

Zuhause legte sie den Test erst einmal in eine Schublade. Und atmete hastig durch. Sie war nervös. Vielleicht, dachte sie, sollte sie sich zunächst überlegen, was sie tun würde, wenn sie schwanger war. Sie setzte sich auf einen Sessel in ihrem Wohnzimmer und versuchte ruhig zu bleiben.

Sie hatte immer Kinder gewollt. Eine eigene Familie.

Doch die Tatsache, dass das Kind von Clive wäre, störte sie.

Wie konnte sie sein Kind großziehen und ständig mit dieser unerwiderte Liebe leben müssen?

Ana ließ den Test diesen Abend in der Kommodenschublade.

Und auch am nächsten Abend.

Am Mittwochmorgen war sie sich sicher.

Heute Abend würde sie den Test machen. Heute Abend würde sie sich endlich stellen.

Jawohl.

Wir kommen aus zwei Welten und
müssen noch viel lernen
über Waffenruhe zwischen Mann und
Frau - über den Frieden.

Doch wenn wir aufstehen und uns trauen
zu hören,
dann ist uns, als würde der Himmel den
Atem anhalten
vor Erstaunen über das, was da
geschieht.

Rebekka und Isaak, Musical "Rebekka",
Ylva Eggehorn

He is not just a miracle.
He is my miracle.

38

Als sie an diesem Abend den
Häuserblock erreichte, indem auch ihr
Appartement untergebracht war,
erschrak sie zunächst. Wieso brannte
Licht bei ihr? Hatte sie etwa vergessen
es auszuschalten? Oder bekam sie

unerwartet Besuch? Unmöglich. Sie hatte niemanden einen Schlüssel gegeben. Ob jemand bei ihr einzubrechen versuchte? Aber wieso sollte derjenige dann das große Licht in ihrem Wohnzimmer einschalten?

Sie ging die Treppen herauf und schloss die Haustür auf. Dann nahm sie statt den Aufzug die Treppe und hastete hoch. Im fünften Stock, machte sie kurz halt. Sollte sie bei Ms. Granwood klingeln? Vielleicht wusste sie was in ihrer Wohnung vor sich ging. Ana beschloss sie zu fragen und klopfte an der entsprechenden Tür. Kurz darauf kam Ms. Granwood zur Tür. "Oh Miss Susuki. Was für eine Freude, Sie zu sehen. Man trifft Sie so selten an. Kommen Sie doch herein."

Ana winkte ab. "Guten Abend Ms. Granwood. Ich bin eigentlich nur hier, weil ich fragen wollte, ob Sie jemanden in mein Appartement gehen sehen haben."

Ms. Granwood schaute verwirrt. "In der Tat habe ich jemanden gesehen. Einen Mann. Er sah ziemlich gut aus. Ich hätte ihn womöglich gar nicht bemerkt, aber meine Freundin meinte ich solle zum

Fenster kommen. Ein Taxi hielt gerade und ein junger Mann stieg aus. Schließlich kam er ins Haus und wir waren so neugierig und öffneten unsere Tür um zu sehen in welche Richtung er ging."

"Das Taxi steht immer noch draußen."

"Ich verstehe das nicht. Wieso wollen Sie das alles wissen? Haben Sie denn nicht gewusst, dass er Sie besucht?"

Ana lächelte leicht beklommen. Sie hatte eine mulmige Vorahnung.

"Er muss ein unangekündigte Gast sein."

"Oh. Na dann wünsche ich Ihnen viel Spaß."

Fragt sich nur wie er reingekommen ist, fügte Ana in Gedanken hinzu.

Sie hatte eine 1a Schließanlage und wenn er sie geknackt hatte, verhieß das sicherlich nichts Gutes.

"Nun machen Sie nicht so ein Gesicht. Unerwartete Gäste haben sicherlich ihren Reiz. Sie werden schon sehen."

Ana sah ihre Nachbarin eindringlich an.

Am liebsten hätte sie Ms. Granwood vorgeschickt. Stattdessen murmelte sie ein gepresstes Danke und wandte sich wieder der Treppe zu. Miss Granwood trat in den Flur und setzte nach: "Wenn

Sie ihn nicht wollen, schicken Sie ihn zu mir. Ich nehme ihn gerne. Meine Freundin wäre auch interessiert. Denken Sie daran."

Ana nickte nur, in Gedanken in dieser vagen Vorahnung.

Konnte es sein? Aber was wollte er? Sie waren im Streit auseinander gegangen. Und Clive hatte unmissverständlich deutlich gemacht, dass mehr als eine kleine Affäre nicht drin war.

Er liebte sie nicht. Das wusste sie. Sie konnte ihm nicht gegenübertreten. Nicht mit diesen ganzen Wall an Gefühlen für ihn in ihrem Inneren. Es ging einfach nicht.

Dann fiel ihr der Schwangerschaftstest ein. Sie wollte ihn heute Abend machen. Wahrscheinlich wüsste sie das Ergebnis jetzt schon, wenn kein Licht in ihrem Appartement gebrannt und sie nicht mit ihrer Nachbarin geredet hätte.

Sie atmete tief durch und lief die restlichen Treppenstufen hoch.

Vor ihrem Appartement blieb sie stehen. Das Schloss war unbeschädigt.

Sie überlegte ob sie den Moment irgendwie hinauszögern konnte ihm zu begegnen.

Vielleicht konnte sie ganz unauffällig hinein huschen, sich den Test von der Küchentheke schnappen und wieder hinausgehen. Sie konnte ihn schließlich überall durchführen.

Sie atmete tief durch und hoffte der Besucher möge jemand anderes sein, als der Mann, der ihr das Herz gebrochen hatte.

Dann steckte sie den Schlüssel ins Schloss, drückte die Klinke herunter und betrat ihr Zuhause. Das wohlige, warme Gefühl, dass sie jedes mal um schlich, wenn sie nach einem langen Tag hierher zurückkehrte, wurde von der flauen Nervosität in ihrem Magen hartnäckig verdrängt. Die Diele war leer. Und es war still. Schrecklich still. Ana achtete darauf, dass sie die Tür leise schloss. Dann schälte sie sich aus ihrem olivfarbenen Parker und befestigte ihn an die Garderobe. Sie lief auf Zehenspitzen in den offenen Wohnbereich. Auch hier war keiner. Sie war gewillt, sich aufs Sofa zu legen und ihrem aufgeregten Magen eine Pause zu gönnen. Doch dafür war keine Zeit. Vielleicht hatte Miss Granwood sich ja mit der Tür vertan. Andererseits waren da das Taxi und das Licht. Vielleicht war der mysteriöse Gast auf der Dachterrasse? Sie würde hinaufgehen und nachsehen. Doch vorher musste sie unbedingt Gewissheit haben. Besucher hin oder her. Sie hatte sich geschworen heute Abend den Test durchzuführen. Und das würde sie jetzt machen.

Die Küchentheke. Da hatte sie den Test liegen lassen. Sie ging in die Küche.

Doch die Theke war leer. Kein Test. Panik keimte in Ana auf. Verdammt, sie war sich sicher, ihn dort hingelegt zu haben.

Sie würde sich einen neuen kaufen.

Doch dann fiel ihr die Kommode im Schlafzimmer ein. Sie hatte ihn nach ihrem Kauf dort aufbewahrt. Gut möglich, dass sie ihn wieder dort verstaut hatte.

Sie trat in ihr Schlafzimmer und öffnete die oberste Kommodenschublade. Irgendwo hier würde ihr Test sicher sein. Sie warf ihre Unterwäsche heraus und wühlte.

"Suchst du vielleicht den hier?"

Ana drehte sich erschrocken um.

Clive lag ausgestreckt auf ihrem Bett. Eine Hand unterm Kopf, die andere ihren Schwangerschaftstest umklammert. Einige ihrer Dessous waren auf ihn gelandet und es war ein seltsamer Anblick. Da war er also. Ihr Überraschungsgast. Ihre Vorahnung hatte sie also nicht im Stich gelassen. Und doch hatte sie ihn nicht erwartet. Nicht auf ihrem Bett. Nicht mit ihrem Test in der Hand.

"Was tust du hier?"

Sie bemühte sich, ihre zittrige Stimme in den Griff zu bekommen und sah ihn bewusst nicht an, sondern wandte sich wieder der Schublade zu. Sie tat als hätte sie den Test in seiner Hand nicht gesehen.

"Schön hast du's hier. Richtig gemütlich."

Ana sagte nichts. Sie war viel zu angespannt, als dass ihr etwas geeignetes eingefallen wäre.

Absurd. Es war einfach absurd. Die ganze Situation. Sie würde sich trotzdem einen neuen Test kaufen.

Clive stand schließlich auf und trat hinter sie. "Ich will das du diesen Test machst." Er hielt den Schwangerschaftstest vor ihr. "Jetzt!"

Seine Stimme klang dunkel, gebieterisch und doch leise.

Ana drehte sich zu ihm um und traute sich in anzusehen. Er sah gut aus. Verdammt gut. Wie gerne hätte sie sich an ihn geschmiegt, doch das würde ihr ohnehin schon gebrochenes Herz nicht verkraften. Er wollte sie nicht. Das tat weh. Aber sie musste es akzeptieren.

In seinen vertrauten, so selbstbewusst blickenden Augen sah sie die gewohnte Ungeduld, die man fast als Arroganz deuten konnte, das übergroße Durchsetzungsbereitschaft und seine Großzügigkeit aufflackern. Und noch etwas anderes. Etwas was sie an ihm nicht kannte. Sein Blick wurde intensiver und sie spürte, wenn sie sich ihm widersetzte, würde er sie notfalls zwingen den Test durchzuführen.

Schließlich klaubte sie den Schwangerschaftstest aus seiner Hand und marschierte Richtung Bad. Er folgte ihr. Doch Ana warf die Tür hastig hinter sich zu und drehte den Schlüssel um.

Clive seufzte ungehalten.

Puh. Ana atmete erst einmal tief durch. Sie stellte den Wasserhahn an, weil sie Clive direkt vor der Tür auf und ab laufen hörte. Zum Teufel mit ihm. Dann packte sie den Test aus und pinkelte auf den vorgesehenen Streifen. Als sie fertig war, legte sie den Test auf die Fensterbank und wusch sich in Ruhe die Hände. Schließlich stellte sie den Wasserhahn aus und setzte sich auf den geschlossenen Toilettendeckel.

Auf der Packungsbeilage hatte sie gelesen, es dauerte mindestens fünf Minuten. Und so wartete sie. Nach einer Weile blickte sie wieder auf den Test. Er hatte noch keine Farbe angenommen. Ana stand auf. Lehnte sich an die Fensterbank, die Augen auf den Streifen in ihrer Hand gerichtet. Was würde sie machen wenn? Und dann ganz langsam verfärbte er sich in ein helles Rot. Das + Zeichen prangte deutlich hervor. Kein Zweifel. Sie war schwanger. Sie würde ein Kind bekommen. Von Clive.

"Und?" Seine Stimme klang zum Zerreißen gespannt.

Tränen der Freude traten in ihre Augen. Doch da war auch Wut. Auf sie selber. Wegen ihr würde ihr Kind ohne Vater aufwachsen. Sie hatte sich auf ihn eingelassen. War dumm genug, sich ihm hinzugeben und hatte sich in ihn verliebt.

Nun bekam sie ein Kind von ihm. Ein Kind, das mit getrennten Eltern aufwachsen würde. Die Tränen brannten in ihren Augen.

Sie würde das Beste aus der Situation machen. Das Beste für ihr Kind tun. Zunächst einmal musste sie sich zusammen reißen. Sie schniefte und wischte sich die Tränen von der Wange.

Dann trat sie zur Tür und drehte den Schlüssel herum. Ohne lange zu überlegen riss sie die Tür auf und kämpfte sich an Clive vorbei. Sie sagte nichts. Das brauchte sie auch nicht, denn ihre verquollenen Augen sprachen Bände. Sofort trat Clive ins Bad und sah den Test auf der Fensterbank. Positiv. Eindeutig.

Ana kam mit einem Glas Wasser aus der Küche am offenen Bad vorbei. Sie musste ihre wirren Gefühle irgendwie loswerden. Sie musste ihn loswerden. Höchste Zeit ihm das irgendwie deutlich zu machen. Vorher jedoch wollte sie wissen, was ihn hierher bewegt hatte.

"Würdest du mir jetzt bitte mal sagen, was du hier zu suchen hast?"

"Kommt noch, Schätzchen." Er blickte nur kurz zu ihr hinüber und ließ dann den Test wieder sinken . Es ärgerte sie, dass er sie mit so einer nichtssagenden Antwort abspeiste. Dann bemerkte sie es. Die Grübchen. Er grinste. Sie sah genauer hin. Er grinste tatsächlich.

"Äh, falls du den Test nicht richtig gelesen haben solltest: Er ist nicht negativ."

Sie war sich sicher, dass Clive kein Kind von ihr wollte. In seiner Vorstellung war Familie sicherlich ziemlich weit entfernt. Falls sie überhaupt existierte. Komisch nur, dass er so ausgelassen grinste.

Er trat aus dem Bad in den Wohnbereich. "Ich habe ihn richtig gelesen. Und jetzt schnapp' dir deine Jacke. Wir machen einen Ausflug."

Er sagte das so selbstverständlich, als wenn es vollkommen logisch wäre, mit dem Mann den man liebte auszugehen, wenn er einen nicht liebte und man gerade erfahren hatte, ein Kind von ihm zu bekommen. Nein, Ana hatte keine Lust ihre Gefühle noch mehr zu strapazieren.

"Oh lass nur. Du musst mich nicht aufheitern."

Sie würde sich aufs Bett legen und versuchen zu schlafen, sobald er weg war.

"Was redest du da?" Er klang fast ein wenig gereizt. Da war er wieder der arrogante Anwalt, der vor nichts Halt machte.

"Ich habe Etwas für Dich." Immer dieser Gehorsam. Ana hatte es satt. Eine Neuigkeit reichte ihr. Sie wollte nachdenken.

Doch Clive ließ sich nicht beirren. Er hielt die Wohnungstür auf und wartete. Sein Blick verriet ihr, dass sie besser nachgab.

Dieser Mann machte sie verrückt. Schließlich gab sie nach, nahm ihren Parker von der Garderobe und trat zu Clive an die Tür. Als sie in sein Gesicht sah, verging ihr Gram. Irgendetwas von dem Grinsen war geblieben. Aber es hatte nichts Schelmisches an sich. Eher etwas sanftes, eingestimmtes. Es gefiel ihr. Fast hätte sie gelächelt.

Sie fuhren mit dem Aufzug ins Erdgeschoss. Clive nahm ihren Arm als sie die Treppen hinunter zum Gehweg stiegen. Er öffnete ihr die Taxitür, stieg daraufhin auf der andern Seite neben ihr ein und befahl dem Fahrer loszufahren. Offenbar kannte er das Ziel.

Die Fahrt verlief schweigend. Was Ana nur recht war. So konnte sie ihren eigenen Gedanken nachhängen. Die mittlerweile ziemlich wirr waren. Und doch stachen sie ihr direkt ins Auge. Es war erschreckend, wie schnell sich das Leben ändern konnte. Sie dachte an Chantal und ihr One-Night-Stand. Als Ana davon erfahren hatte, hatte sie sich gedacht, wie so etwas nur passieren konnte. Und jetzt war es ihr selbst passiert. Sie war schwanger. Von einem mehr oder weniger One-Night-Stand. Das schlimme war nur, dass sie mit Clive keine Zukunft hatte, wie Chantal mit Brian. Sie würde da drüber wegkommen müssen. Auch wenn es einige Zeit dauern würde, sie musste Clive aus ihren Gedanken verbannen.
Sie bemerkte, dass der Fahrer auf die Madison Avenue abbog und das Radio einschaltete. Ana hätte gern auf "Lighted by the light" verzichtet. Doch sie verkniff sich ein Kommentar. Stattdessen wagte sie einen Blick in Clive's Richtung. Der Mann, den sie

liebte, sah nachdenklich aus, während er so aus dem Fenster starrte.

Wieso nur, hatte er vorhin so gegrinst?

Wenige Augenblicke später hielt das Taxi und Ana sah, dass Clive ausstieg. Sie tat es ihm gleich. Es war ziemlich dunkel, erst in einiger Entfernung leuchteten Laternen.

Was machten sie hier? Ana sah, wie Clive den Fahrer bezahlte und schließlich auf sie zu kam.

Der Ausdruck in seinen Augen hatte etwas verletzliches und zugleich liebevolles.

Er nahm ihre Hand und sie ließ es geschehen.

Dann setzten sie sich in Bewegung. Im Hintergrund hörten sie das Taxi davon brausen. Ein nächtlicher Spaziergang?Ist das sein Plan? Aber warum?

Nach einigen hundert Metern erreichten sie die Brooklyn Bridge. Ana erkannte es sofort. Es gab keinen Ort in New York City, der so atemberaubend aussah in der Nacht. Ein Prickeln durchfuhr sie.

Schließlich kamen sie an eine Absperrung. Es sah so aus, als ob sie hier nicht weiterkämen. Was seltsam war, denn die Brooklyn Bridge zu sperren hatte noch keiner geschafft.

Doch dann sah sie eine kleine Lücke, wo Clive sie geschickt hindurchführte. Ana blieb wie angewurzelt stehen. Die komplette Brooklyn Bridge war leer.

Braxford hatte ganze Arbeit geleistet, ging es Clive durch den Kopf. Er würde ihm und seiner ganzen Hotelcrew, die er seit einigen Tagen nicht mehr gesprochen hatte, auf ihre Hochzeit einladen müssen. Genauso wie Charlie Bones und Dan, Jane, Madison und Finn. Er lächelte. Natürlich durfte auch Sylvia Susuki und ihr Mann nicht fehlen. Er hatte sie auf ihrer Hochzeit ja kaum gesprochen. Er grinste wieder. Seinen Dad würde er auch Bescheid geben müssen und natürlich auch seinen Kumpels aus Los Angeles, falls Braxford dafür nicht sorgen würde. Ana's Hand in seiner hatte er jedoch weit aus wichtigeres zu tun, als zu überlegen, wer die Gäste waren. Er hatte... Verdammt, er war ein wenig nervös. Er sah zu ihr hinüber, die Frau, die er liebte. Er war viel zu glücklich, doppelt glücklich, wenn er an den Nachwuchs in ihrem Bauch dachte, um ein Nein ihrerseits gelten zu lassen und er bezweifelte, dass ihre Antwort so ausfallen würde. Er würde sie zum Lachen bringen. Jeden Tag. Das wusste er.

Es war zwar schon spät, aber New York schlief bekanntlich nie. Ana wandte sich zu Clive. Vergaß für einen Moment, dass sie unglücklich verliebt war und gerade erfahren hatte, von diesem Mann schwanger zu sein."Wie hast du...?"
"Psst." Er legte ihr einen Finger an die Lippen.
"Komm mit."
Er nahm wieder ihre Hand und führte sie über die Brooklyn Bridge. Das wohlige, warme Gefühl seiner Finger breitete sich in ihr aus. Und sie dachte daran, wo er sie alles mit diesen Fingern berührt hatte. Es war merkwürdig. Ziemlich sogar. Die Situation war so banal und doch spürte sie die Romantik. Und wenn sie diesen Augenblick einfach genießen würde? Was machte es schon? Ein gebrochenes Herz konnte doch gar nicht weiter brechen, oder?

"Du hast mir gesagt, du magst diesen Ort." Genauer gesagt, hatte er es ihr in einem dieser nächtlichen Gespräche entlockt, zwischen seinen Laken mit dem Duft ihres Parfums. Er hatte sie noch vieles anderes gefragt. Über ihre Familie und Freunde, ihre Arbeit, ihre Freizeit, ihr Interesse für's Kochen, ihre Reise nach Indien und viele andere Dinge. Doch er würde nie vergessen, wie ihre Augen geleuchtet haben, als sie von dieser Brücke gesprochen hatte.

Ana sah ihn an. Diesen Mann, den sie liebte.

Sie dachte einen Moment über seine Worte nach.

"Oh ja. Sehr. Ich erinnere mich an meinen ersten Abend in New York. Diese Brücke hat mich gleich fasziniert. Die Aussicht ist einmalig."

Er blieb auf einmal stehen. Sie hatten die Mitte der Brooklyn Bridge erreicht. Ana drehte sich um. Den Blick auf das glitzernde Manhattan gerichtet.

"Ich könnte mich stundenlang hier aufhalten." Sie lachte versonnen.

"Und genau das tun wir jetzt."

Sie sah ihn erstaunt an. "Was? Aber wieso? Was hast du vor?"

Clive drehte ihren Oberkörper zu sich. Ana schluckte. Sie waren sich jetzt so nah, dass sie seinen Atmen spürte. Ihre Gefühle fingen Feuer und sie hatte das ungute Gefühl sich erneut zu verbrennen. Wenn es sich nur nicht so gut anfühlen würde. Sie sprach ein stummes Gebet.

"Ich möchte, dass du dich dort hinsetzt." Er wies auf ein gemustertes Zweiersofa hin, dass von unzähligen weißen Orchideen umgeben war. Große, Kleine, Ausgefallene. Ein Meer aus exotischen Pflanzen, ihre Lieblingsblumen, blickten ihr entgegen. Es sah traumhaft aus. Und sie fragte sich sofort, wie er das an diesem Ort hinbekommen hatte.

"Clive, wie hast du...?"

"Bitte setz dich." Also gut. Sie kam seiner Aufforderung nach.

Was würde jetzt kommen? Was hatte er vor?

Sie sah, dass sogar hinter ihr Orchideen standen.

Dann bemerkte sie, dass Clive sich vor sie hinkniete und ihre Hände nahm. Ihr Herz begann heftig zu pochen. Wenn der Mann, den sie liebte vor ihr auf die Knie

ging, würde das bedeuten, dass er...?
Ana schluckte.

"Ana?"

Sie sah ihn an. Und zwang sich ihre Gedanken zu verdrängen. Clive konnte alles Mögliche vorhaben. Das hatte er des öfteren bewiesen.

"Ich habe dir sehr weh getan und es tut mir leid. Du sollst wissen, dass es aus Unwissenheit geschah. Ich hatte noch nie..." Er sah kurz weg, nahm dann einen erneuten Anlauf.

"Du warst direkt vor mir und doch habe ich dich nicht gesehen. Ich habe nicht gesehen, was du für mich bist."

Ana's Herz klopfte schneller. Er sagte, dass doch hoffentlich nicht nur wegen der Schwangerschaft, oder?

Seine Augen glänzten im funkelnden Licht der Nacht.

"Ich habe eine Weile gebraucht um zu verstehen. Meine Gefühle sind..., verdammt, du hast meinen Gefühlen ganz schön zugesetzt."

Wohl eher anders herum, dachte Ana. Worauf wollte er hinaus?

"Die Wahrheit ist, ich kannte meine Gefühle nicht und das war auch nicht weiter tragisch, denn ich habe sie nie gebraucht. Doch dann kamst du in mein Leben und hast alles durcheinander gewirbelt. Das war ganz schön hart."

Ana lächelte für einen Moment triumphierend, auch wenn ihr eigentlich gar nicht danach war.

"Freut mich, dass ich so ein Eindruck hinterlassen habe."

Er zwickte sie kurz an der Kniekehle.

"Du glaubst gar nicht was für einen." Sie hörte sein Grinsen aus den Worten bevor sie die Grübchen in seinem Gesicht bemerkte. Oh wie sie ihn liebte. Wie sie alles an ihn liebte. So sehr. Nur er, er liebte sie nicht. Und das tat weh. Furchtbar weh. Sie musste ihn vergessen. Einfach weiterleben. Um sich und des Baby Willen.

Leider, war das nicht so einfach, weil er so nah war. Vor sie kniete und sie ihm restlos verfallen war.

Auf einmal war sein Grinsen ein ernsthafter Gesichtsausdruck gewichen.

"Ich will dir etwas sagen Ana."

Er holte tief Luft ehe er zu sprechen begann und drückte kurz ihr Hände.

"Ich habe dich vermisst. Mein Haus hat sich ohne dich schrecklich einsam angefühlt."

Was? Sie sah ihn ungläubig an.

"Du hast mich verändert. Ich fühlte mich lange Zeit leer. Aber jetzt habe ich ein festes Ziel. Ich kann es selbst noch kaum glauben. Es passt einfach alles zusammen und ergibt einen Sinn. Du. Ich."

Er hielt einen Moment inne und atmete erneut tief durch, einen Punkt in der Ferne suchend. Dann sah er wieder zu ihr. Seine Augen leuchten zärtlich. Ana wagte nicht zu atmen.

Sein Daumen streichelte ihre Hand und sie meinte fast umzukommen, bei dieser intimen Geste.

"Ich liebe dich Ana. So sehr, dass es mich fast umbringt. Ich liebe alles an dir. Deine Art zu lächeln hat sich in mein Gedächtnis gebrannt. Ich will es sehen, jeden Tag, für den Rest meines Lebens. Ich will mit dir aufwachen und mit dir schlafen gehen. Ich will dich bei mir haben jeden Tag. Denn da gehörst du hin." Tränen traten in Ana's Augen. Sie war sprachlos.

Clive öffnete ihren Parker und legte eine Hand auf ihren Bauch. Dort gehörte sie hin.

"Ich kann nicht ohne euch leben. Und deshalb frage ich euch zwei:
Wollt ihr beide mich heiraten?"
Ana's Augen wurden groß. Sie konnte es nicht fassen. Clive wollte sie heiraten. Er liebte sie! Clive liebte sie!
Ein Hubschrauber kreiste in der Ferne. Doch Ana sah nur den Mann vor ihr. Den sie liebte und der ihr gerade seine Liebe gestanden hatte. Sie drückte seine Hand.
"Ja. Ja. Und noch einmal Ja. Ich will!", rief sie vor Freude.
Sie lachte als sie seine glückseligen Augen sah. Clive hatte sich erhoben und zog sie nun zu sich hoch. Ana sprang ihm stürmisch in die Arme. Für einen Moment verbarg er sein Gesicht an ihrer Halskuhle, als wollte er sich diesen Augenblick für alle Ewigkeit einprägen. Er schwang sie herum, hörte ihr glückliches Lachen und war selbst unglaublich glücklich.
Ana glaubte zu fliegen. Ein tiefes Gefühl voll Glückseligkeit durchströmte sie.
Nach einem ziemlich langen Moment, ließ er sie schließlich direkt vor sich zu Boden gleiten, ohne jedoch sie

loszulassen. Sie sahen sich an und lächelten ungehalten.

Dann endlich verwickelte Clive Ana in einen leidenschaftlichen Kuss, der ihre Liebe für immer besiegeln sollte.

Was ist intimer als Liebe?

Intimität, Safi Nidiaye

Die News des Tages:
Auf der Brooklyn Bridge ereignete sich
heute Nacht eine absolute Premiere.
Zum ersten Mal in der Geschichte von
NYC hat ein Mann die Brooklyn Bridge
mieten können. Der Grund war eine
Liebeserklärung für seine Freundin. Das
Paar, das auch bekannt ist als die
Werbeträger des neuen Pariser-Spots, hat
erneut große Aufmerksamkeit auf sich
gezogen. Was es dem Mann gekostet hat
ist nicht bekannt. Auch nicht ob so ein
Ereignis weitere nach sich zieht. Fest
steht jedenfalls, dass die Pendler vom
Financial District nach Brooklyn
gezwungen waren drei Stunden zu
warten. Der Mann hatte seine Freundin
gefragt, ob er sie heiraten wolle. Mit
einem quietschenden Ja sprang diese in
seine Arme. Es folgte ein langer Kuss.
Wir vom CNN-Team wünschen den
baldigen Eheleuten alles Gute. Und nun
von der Romantik des Tages zum Sport.
Die New Yorker Nicks haben...

"Tje. Was für eine Überleitung." Der Barmann des 'Delphino' stellte das mittlerweile kristallklar schimmernde Weinglas ins Regal und warf sich das Poliertuch über das Hemd. Es war schon spät und die wenigen Gäste die noch da waren, würden hoffentlich bald die Biege machen.

Samantha Ferry las die SMS auf ihrem Handy noch einmal. Hatte Tony Weston ihr gerade wirklich geschrieben? Und was sollte sie davon halten? Er bat sie um Entschuldigung, weil er sich nicht gemeldet habe und erklärte, er wäre mit seiner Tochter Malyaka auf Delphin Reise gewesen. Er hätte getan, was immer nötig war und was jeder allein erziehende Vater getan hätte. Sam ging die Nachricht ans Herz. Sie hatte zwar an ihn gedacht, doch nie im Leben mehr damit gerechnet, dass dieser Mann sich noch einmal bei ihr melden würde, geschweige denn, dass er ein Kind hatte! Sie lächelte, verstaute das Handy zurück in ihre Tasche und starrte wie nebenbei zum Bildschirm an der Wand.

"Wollen Sie noch einen Drink Mam?" Sam hörte ihn nicht. Sie hatte ihre Augen immer noch auf den Bildschirm gerichtet. Das war Ana. Sie hatte es gesehen. Oh mein Gott. Ihre Ana würde heiraten!

"Mam!"

"Was?" Erschrocken wirbelte Sam hoch und wandte sich dem Barmann zu. "Ob Sie noch etwas trinken wollen?"

"Ja. Machen Sie mir nochmal das selbe."

Liza Granwood starrte ihr TV-Gerät an. "Oh das ist sie!"

Marvel Hastings Augen wandte sich dem Bildschirm zu. "Wen meinst du?"

"Meine Nachbarin. Ach sie ist ja so hübsch."

"Hat sie ernsthaft einen Heiratsantrag bekommen?"

Liza kicherte vergnügt. "Ja und stell dir vor, er ist der Mann, den wir hier vorhin aus dem Taxi steigen gesehen haben."

Marvel gurrte vergnügt. "Also wenn er sich so für sie ins Zeug legt, muss er sie wirklich lieben." "Sie ist bestimmt sehr glücklich."

"Ach, in so einer Zeit, denke ich immer an Bob zurück." Liza Granwood drehte an ihrem Ehering, den sie nie abgelegt hatte. "Unsere Liebe ist und war schon immer sehr stark. Dafür bin ich sehr dankbar."

Sylvia Susuki stieg aus der Badewanne und warf sich in einen Bademantel. Sie hatte den Abend genossen. Ein Glas Wein, ein Buch und der seidige Schaum des Badewassers. Die letzten Tage war sie mit Juan viel unterwegs gewesen. Kein Wunder, sie kannte Italien, seine Heimat kaum. Und er wollte sie ihr zeigen. Sie hatten die Toskana gesehen, waren in Florenz auf Kultursafari gegangen, hatten sich in Verona an die Denkmäler von Romeo und Julia erinnert gefühlt und waren bis nach Sizilien gefahren. Es war himmlisch gewesen. Jetzt waren sie hier, in dem Haus seiner Eltern in Capri. Es war wunderbar alt und hatte einen ungewöhnlichen Charme. Sylvia hatte sich gleich in das Haus verliebt. Während sie sich jetzt daran machte in ihr Nachthemd zu schlüpfen und unter ihre Bettdecke zu huschen, hörte sie die tiefen Atemzüge von Juan. Es war ein tolles Gefühl mit ihm verheiratet zu sein. Sie war sehr glücklich und sie wünschte jedem Menschen, dass er einmal vom

Herzen so glücklich sein konnte. Sie lief hinüber zum TV. Sie wollte den Apparat gerade ausschalten, als sie den Sender sah. CNN. Sie wusste gar nicht, dass sie den in Italien empfangen würden. Als dann die News einsetzten, traute Sylvia ihren Ohren und Augen nicht. Das war Ana! Ihre Tochter. Und sie glaubte sie strahlen zu sehen. Eine Tochter unter der Haube! Gab es etwas schöneres für eine Mutter? Sie hatte schon immer gewusst, dass Clive der Richtige für Ana ist. Sie hatte erst gestern mit Chantal gesprochen und es war ihr merkwürdig vorgekommen, das sie so geheimnisvoll tat. Ganz so, als ob da noch etwas im Busch wäre. Und wer war Brian? Bei der schlechten Verbindung gestern hatte sie nur die Hälfte verstanden. Sie würde ihre Töchter fragen müssen, wenn sie wieder zurück aus dem Urlaub war.

Doch erst einmal freute sie sich, dass die Chancen in naher Zukunft Großmutter zu werden, nicht schlecht standen.

"He Larry." Walter stupste seinen Freund an. Er war mittlerweile aus dem

Krankenhaus entlassen und es ging ihm den Umständen entsprechend. Doch es kam ihm vor, als wäre er von einem Gefängnis ins nächste verfrachtet worden

"Die Frau weswegen wir hier drin sitzen, hat geheiratet."

Larry gähnte nur lautstark. "Was du nicht sagst."

Walter redete weiter. "Einen Clive Owen, wie sie im Radio sagten, das ganze war wohl ein spektakuläres Ereignis, auf der Brooklyn Bridge oder so ähnlich. Aber ich kann mich auch verhört haben, mein Kopf ist ja noch nicht ganz wieder hergestellt und du weißt ja wie das Radio im Keller rauscht. Zum Glück sind es nur zehn Tage. Länger halte ich es hier glaube ich nicht aus."

Larry setzte sich in seinem Bett auf und blinzelte.

"Mmhm, vergiss nicht, dass wir uns dann erst mal neue Arbeit suchen müssen."

Walter drehte seinen Stuhl zu Larry. "Ja weißt du, ich habe bereits interessante Angebote entdeckt. Wir versuchen es einfach bei anderen Firmen."

Gerade als Walter ausführlicher werden wollte, hakte Larry ein. "Moment, sagtest du Clive Owen? Der Clive Owen Mein Anwalt?"

"Ich denke schon, wieso fragst du?" Larry räusperte sich aufgeregt.

"Wir müssen irgendwie sehen, dass wir auf die Gästeliste kommen, Walter. Ich habe das Gefühl, da könnte ein Job für uns heraus springen, der anständig bezahlt wird."

Bei dem Gedanken freute er sich. Alle würde wieder ins Lot kommen.

"Ach und Walter, wir sitzen hier nicht wegen dieser Miss Susuki, auch wenn ich dir da gerne zustimmen würde, sondern weil wir uns das selbst zuzuschreiben haben."

"Und was sollen wir auf so einer Hochzeit? Die ist doch bestimmt total nobel. Ich müsste mir dann sicherlich erst mal einen Anzug kaufen."

"Nicht wenn wir als Kellner gehen. Schließlich suchen wir einen Job."

Danielle Stevens saß mit ihrem Team von L.A. Media auf einer großen Terrasse in Manhattan. Die Nacht war angebrochen. Ein anstrengender Tag bekam nun den verdienten Ausklang. Menschen waren in Flirtstimmung, lächelten sich gegenseitig an. Danielle lächelte auch. Sie hatte auf dem Weg zur Toilette den Screene mit den CNN-News gesehen. Eine Hochzeit stand in Aussicht. Und nicht irgendeine. Sie hatte also den richtigen Riecher gehabt! Sie konnte also wirklich Menschen zusammenbringen. Auf ungewöhnlichen Wege zwar, doch zusammen war zusammen. Sie atmete tief durch und während ihr Blick den Sternenhimmel über der City streifte, klopfte ihr jemand auf die Schulter. Der Geruch eines willkommenen Männerparfums stieg ihr in die Nase und als sie sich umdrehte sah sie sich einem hübschem Männergesicht gegenüber, welches sie intensiv fixierte. "Verraten Sie mir den Grund, warum sie sich so freuen?" Danielle blinzelte. Sie brauchte einen Moment. "Warum sollte ich Ihnen das verraten?" Ein Lachen ertönte. "Vielleicht haben Sie keinen Grund mir das zu verraten. Doch ich würde Sie gerne noch einmal so lächeln sehen." Danielle erwiderte nichts. Innerlich jedoch regte sich Neugierde. "Entschuldigen Sie, dass ich mich nicht vorgestellt habe. Mein Name ist Frederic Cooper." Sie sah ihn an und wusste sofort, dass er ein Mann war, der es ernst meinte. Ein Mann, auf den sie lange gewartet hatte. "Danielle Stevens.", stellte sie sich schließlich selber vor.

„Hast du gerade Nachrichten gehört?" Jane beugte sich zu ihrem Mann und küsste ihn. Es war schon spät, doch Dan saß immer noch am Schreibtisch. Er hatte Madison und Finn ins Bett gebracht, nachdem sie gegessen hatten. Seitdem saß er hier. Sie wusste, dass er morgen einen wichtigen Termin hatte und hätte ihn auch in Ruhe gelassen, wenn die Neuigkeiten nicht so schön gewesen wären. Dan und Clive hatten sich vor langer Zeit, als sie beiden noch zur Universität gingen kennen gelernt. Jane hatte Clive als einen Menschen kennen gelernt, der noch ziemlich grün hinter den Ohren war. Er schien ständig angespannt und auch wenn sich das schon gebessert hatte, war er doch noch immer rastlos. Nun letzteres lag ab heute sicherlich in der Vergangenheit.
Dan drehte sich zu seiner Frau um und nahm ihren Arm, um sie um seine

Schultern zu legen. „Nein, Schatz. Hast du?" Jane küsste ihn abermals. „Clive wird heiraten." Dan drehte sich zu ihr. „Clive? Das muss ein Witz sein!"

„Nein. Ganz und gar nicht. Er hat sogar halb New York lahm gelegt um seiner Ana den Heiratsantrag zu machen."

Dan lächelte. „Sieht ihm ähnlich. Dieser Ganove!"

„Du glaubst gar nicht wie sehr ich mich für die beiden freue. Ich habe gleich gewusst, dass sie beide gut zusammen passen."

Ihr Mann schüttelte den Kopf, obwohl er seiner Frau zustimmte, doch er wollte es von Clive selbst hören. „Ich werde ihn anrufen."

„Nicht jetzt. Nicht heute Nacht."

Dan sah sie an. „Vermutlich hast du recht." Als sie sich an ihn schmiegte, küsste er ihren Haaransatz. Schließlich sagte er: „Für heute bin ich fertig." Dan schaltete seine Arbeitslampe aus und trat zu seiner Frau. Bevor er sie küsste und mit ihr den Raum verließ, sagte er: „Weißt du, wie sehr ich dich liebe?"

Das Beverly Hills Hotel leuchtete. Es war Abend. Und der sogenannte 'Pink

Palace' strahlte geradezu. Braxford hatte vor einigen Stunden hier angerufen. Eine riesige Leinwand hatte er in der Lobby, eine andere in der Küche montieren lassen. Ein Techniker und CNN wurde live übertragen. Gil wusste, dass Clive die meisten seiner Gäste, vor allem die Geschäftsreisenden persönlich kannte. Sicherlich würden einige stehen bleiben und sich das ganze Ereignis ansehen. Er würde genau das gleiche machen. Er hatte sich seine wichtigsten Unterlagen eingepackt, saß in der Hotellobby, vor ihm sein geliebter Remy Martin. Sein Handy hatte er ausgeschaltet. Und während er auf die Übertragung nach den Sportnachrichten wartete, wunderte er sich darüber, dass die Rezeptionistin ihn so anstarrte. Ignorierend widmete er sich seinem mitgebrachten Fall. Eine reine Verwaltungssache, wie man meinen könnte. Doch Gil glaubte, dass mehr dahinter steckte. Einen kurzen Moment später ertönte die Stimme des Nachrichtensprechers und Braxford merkte auf. Die Rezeptionistin hatte sich auf seine Sessellehne gesetzt und gemeinsam sahen sie den Antrag, den Clive Ana machte. Braxford musste zugeben, dass Clive mehr drauf hatte, als er ihm zugetraut hätte, er hatte sich in der Tat verändert und es stand ihm ausgezeichnet.

„Ohh. Wie romantisch." Die Frau neben ihm seufzte und auch einige Gäste die durch liefen, sahen sich die News an. Braxford freute sich. Die vielen Anrufe hatten sich gelohnt. Er hatte sogar Paolo Grisa und sein Team im Passion Bescheid gegeben.

Er würde sich nicht wirklich lächerlich machen, wenn er deren Hochzeit organisierte, oder?

Richter Alfameus Grayson saß in seinem Lesesessel und blickte neugierig von seiner Abendlektüre auf. Hatte er gerade richtig gehört? Er hatte das Radio eingestellt und eigentlich kam um diese Uhrzeit meist Jazzmusik, die er sehr schätzte. Doch jetzt war offenbar die Zeit für News. Clive Owen wurde genannt. Zuerst dachte er, Owen wäre in irgendetwas verwickelt. Dann hörte er jedoch von dem Heiratsantrag, den Owen Ana Susuki machte. Er schmunzelte. Schon bei jener merkwürdigen Verhandlung, hatte er den Verdacht, dass die beiden ein gutes Paar abgeben würden. Nun ja, wenn er eingeladen wurde, würde er hingehen.

Sei ehrlich, hat meine Impertinenz dich beeindruckt?"
"Dein Witz, dein Esprit."
"Dann kannst du es ruhig Impertinenz nennen."

Elizabeth Bennet und Mr. Darcy,
Stolz und Vorurteil, Jane Austen

Epilog

"Hallooooo! Mom! Dad! Wo bleibt ihr denn?" Ich schaltete das Diktiergerät an, dass ich meinem Dad abgeluchst hatte und ahmte die hysterische, hohe Stimme von Oma Sylvia nach. "Ana! Clive! Wo seid ihr beiden Turteltauben!" Ich kicherte vergnügt. Hastig drückte ich auf Aufnahmestopp und spulte zurück bis ich meine Stimme wieder hörte. Es war lustig. Ich drehte an der Lautstärke. "Alice Schätzchen, was tust du?" Mom schlüpfte hochrot in ihre Sandalen und schulterte ihre Handtasche. Kurze Zeit später kam Dad die Treppe herunter in der Hand zwei Koffer. Ich hatte darauf bestanden meinen eigenen mitnehmen zu dürfen. Natürlich war er schon gepackt und stand in der Diele. Irgendwie war es verdächtig, dass Mom und Dad aus der gleichen Richtung kamen und wieso war Dad's Haar so zerzaust? "Mom, habt ihr wieder geknutscht?" Ich starrte sie scharfsinnig an. Sie war gerade dabei Ohrringe anzulegen. Doch bevor Mom antworten konnte, hob Dad mich hoch. Das machte er öfter. Höchste Zeit ihm Einhalt zu gebieten. Einmal hatte er

mich sogar auf den Arm genommen als Cody da war, das war ganz schön peinlich. "Lass mich runter Daddy. Ich bin doch schon groß.", musste ich auf einmal lachen, als er sich drehte. Auch er lachte. "Ja groß bist du Schätzchen. Und dennoch bleibst du immer meine kleine Prinzessin." Dann flüsterte er mir ins Ohr: "Du bekommst ein Geschwisterchen." Ich schaute ihn an. Meine Augen wurden immer größer. "Psst. Das bleibt unser Geheimnis, ok?" Immer noch völlig aus dem Häuschen, nickte ich eifrig. Schließlich ließ er mich herunter. Mit einem Lächeln im Gesicht gesellte ich mich zu meinem Koffer. "Können wir dann los?"

"Sie ist unverbesserlich.", seufzte Mom.

"Finde ich auch. Kommt irgendwie ganz nach dir Schatz.", grinste mein Dad.

Ich verdrehte die Augen. Das war mal wieder typisch meine Eltern.

Ich fischte das Handy, dass Tante Sam mir zum Geburtstag geschenkt hatte, aus meiner Hosentasche und schrieb Cody rasch eine Nachricht.

"Wie geht's Fluffy? Du hast ihm doch hoffentlich keine Kirschen gegeben, oder?" Die Frage lag mir schon den *ganzen Morgen im Magen. Die müssten nämlich erst einmal entsteint werden.*

Ich überlegte kurz, ob ich ihm von Dad's Geheimnis erzählen sollte, beschloss dann aber, es nicht zu tun. Dad hatte bereits die Koffer ins Auto gepackt. Natürlich fuhren wir jetzt einen Familien-Van. Mom fand das ziemlich cool, aber Dad, na ja, er hatte den Aston natürlich nicht weggeben. Er stand immer noch in der Garage.

"Kommst du Schatz?" Ich schlüpfte auf den Rücksitz. Und Mom nahm neben Dad vorne Platz. Das Handy. Cody.

"Natürlich nicht Wonderland. Ihm geht's gut. Wofür hältst du mich?"

Ich hörte wie Dad den Wagen startete. Was dachte Cody sich eigentlich?"ALICE!"

"Sag ich doch - Alice in the Wonderland:)", kam es umgehend zurück.

Tse, tse, tse... Wonderland.

Ich würde mir ein Spitznamen für Cody überlegen müssen

und einen Namen für Mom's Baby.

Oh ja. Vielleicht...

Während ich überlegte schaltete Mom
die Musik ein. Ich lehnte mich zurück.
Sie und Dad waren sich mal wieder
wegen dem Sender uneinig. Und
natürlich endete alles in einem Kuss.
Meine Eltern!
Oder wie Oma Sylvia sagt:
Liebe hat noch niemanden geschadet.

Und wir werden die Liebe unseren
Kindern weitergeben
und sie ihren Kindern und sie wird nicht
vergehen.

Khalil Gibran

Ach, immer diese vielen Zitate. Ich bin ganz vernebelt.

Sieht man. Deine Wangen sind ganz rosig.

Oh, na ja...Na du siehst auch nicht viel besser aus. Ist die Geschichte nun zu ende?

Weiß nicht. Sieht so aus.

Aber es gab doch ein romantisches Ende. Also muss sie doch zu ende sein.

Ja, aber die Figuren leben doch weiter.

Wie meinst du das denn jetzt?

Na. Ana und Clive und all die anderen Verrückten. Diese Sylvia Susuki zum Beispiel. Deren Leben geht doch weiter.

Habe ich noch gar nicht drüber nachgedacht. Jetzt wo du's sagst. Wie geht sie denn nun weiter, die Geschichte?

Tja, das ist die große Frage.

Nur die Schriftstellerin kann das wirklich wissen, sie hat die Figuren schließlich kreiert.

Blödsinn! Das Buch ist doch längst abgeschlossen. Warum sollte sie sich über so etwas noch Gedanken machen.

Warte! Hier steht 'Romanfiguren leben unendlich.'

Hört sich ganz danach an, als ob sie frei außerhalb von Büchern leben würden.

Du meinst, es gibt sie wirklich? All die Figuren in Büchern?

Aber ja doch!

Sie sind also nicht der Fantasie einer Göre entsprungen, die sich einen Spaß mit uns Lesern machen möchte?

Na ja, ein bisschen vielleicht. Fantasie ist immer dabei. Frag Einstein.

Mmhm. Woher hast du das? Zeig mal her.

Philosophie, Ontologie, Metaphysik - wo man so etwas eben nachschlägt.

Das ist mir zu hoch. Philosophie - was für eine absurde Wissenschaft. So eigentümlich. Und immer diese Menschen, die ständig meinen Ratschläge zu erteilen. Grässlich.

Also gut. Du hast Recht. Wir sollten den wenigen Platz den wir zur Verfügung gestellt bekommen haben, nicht damit verbringen über das Dasein von Figuren im Unsichtbaren zu grübeln. Lass uns nochmal von vorn anfangen. Vielleicht wird der Teil unseres Gesprächs später raus-geschnitten.

Willkommen im Nach-nach Wort.

Also das hört sich ziemlich schräg an.

Allerdings. Da fällt mir ein, hat sie dich nun verändert, die Geschichte?

Kann schon sein. Ein bisschen vielleicht. Auf jeden Fall denke ich jetzt anders über die große Liebe.

Anders? Inwiefern?

Na du weißt schon....Romantischer eben.

Aha. Du bist also drauf reingefallen!

Wovon sprichst du?

Hast du nicht gemerkt, dass die Autorin uns die ganze Zeit manipuliert hat mit ihrem Gesülze über Herzschmerz und so weiter?

Also mir hat es gefallen.

Das ist mal wieder typisch. Erst die großen Klassiker erwähnen und dann von moderner Romantik entzückt sein. Ich sage dir was: Die Autorin hat uns hier gründlich was vorgespielt.

Du bist ja richtig in Fahrt.

Ich na ja....es macht mich eben zornig wie gutgläubige Menschen hinters Licht geführt werden. Was wir jetzt dringend benötigen, ist ein Wort der Wahrheit.

Oder wir könnten das ganze natürlich auch eleganter lösen.

Eleganter?

Ja eleganter. So zwischen uns Beiden.

Du meinst zwischen dir und mir?

Genau das meine ich.

Unmöglich. Das geht auf gar keinen Fall.

Und wieso nicht?

Na weil, weil...

Du weißt es selbst nicht. Sei ehrlich: Hat die Geschichte *dich* verändert?

Mich? Ha, wie kommst du denn darauf? Mich doch nicht.

Das habe ich so im Gefühl.

Ha, Gefühl.

Dann kannst du mich jetzt ja küssen.

Moment! So läuft das nicht.

Oh. Und ich dachte...

Ich muss den Anfang machen. Das gehört sich so.

Was? Aber du hast doch so lange herumgedrückt.

Aber doch nur um festzustellen, ob du Interesse hast.

Wirklich komisch. Da wäre ich nie drauf gekommen.

Tja, jeder hat seine Geheimnisse, Süße.

Mmhm. So hat Clive Ana auch genannt.

Na ja also, dann ...

Komm her.

Ein stürmischer Kuss folgt.

So schmeckt die Liebe also?

Wer redet denn hier gleich von Liebe?
Nach einem einzigen Kuss!
Aber...
Süße, unsere Geschichte hat gerade erst
begonnen.
Wir müssen erst durch unzählige Höhen
und Tiefen gehen, bevor wir das Wort
Liebe überhaupt erwähnen können.
Aber...
Sieh mal, eine richtige Romanze muss
sich doch erst mal entwickeln.
Vielleicht war es doch keine so gute
Idee, die Geschichte mit dir gemeinsam
zu lesen.
Unsinn. Im Gegenteil. Ich weiß jetzt
worauf es ankommt. Wir arbeiten
einfach alle Punkte nacheinander ab.
Schritt für Schritt ans Ziel.
Mmhm. Nach Romantik hört sich das
nicht an.
Süße, Romantik ist Einbildung!
Wie kannst du so etwas nur sagen?
Es ist wahr!
Nein, ist es ganz und gar nicht.
Ich werde es dir beweisen.

Ein weiterer Kuss folgt.

Fandest du das etwa romantisch?

Also der Erste war besser.
Siehst du!
Was soll das wieder heißen?

Es soll heißen, dass ich Recht hatte.
Und jetzt entschuldige mich.
Ich muss mich an den Text halten.

Wer von Euch spürt etwa nicht,
dass seine Fähigkeit zu lieben
unbegrenzt ist?

Khalil Gibran

© 2022 Alma Steffanson
Herstellung und Verlag:
BoD – Books on Demand, Norderstedt
ISBN: 9783756229840